Red Geller

Der Unheimliche mit der Goldmaske

ISBN 3-8144-1706-2
© 1988 by Peliakn AG · D 3000 Hannover 1
Alle Rechte vorbehalten
Gesamtleitung und Textredaktion:
AVA GmbH
Umschlaggestaltung: strat + kon, Hamburg
Innen-Illustrationen: Solveig Ullrich
Gesamtherstellung: Clausen & Bosse, Leck
Printed in Germany
Auflage 15 14 13 12 11 10 9 8 7 6 5 4 3 2 1

Inhalt

RANDOLPH RITTER (RANDY)

Eigentlich heißt er Randolph. Diesen Vornamen haßt er. So wurde aus Randolph eben „Randy". Randy ist sechzehn, geht aufs Gymnasium, ist ein mittelprächtiger Schüler und kommt immer gut mit. Sport gehört zu seinen Lieblingsfächern; danach kommt Mathe, die Begabung dafür hat er von seinem Vater geerbt. Randy hat auch schon Kampfsportarten trainiert. So kann er auch etwas Karate. Er ist ziemlich groß, ohne schlaksig zu wirken. Sein Haar ist dunkelblond, manchmal mit einem Stich ins Braune. Seit seiner Geburt hängt ein Muskel am Mundwinkel schief, so daß es aussieht, als würde Randy immer grinsen, was die Lehrer schon manchmal auf die Palme gebracht hat, besonders dann, wenn sie neu waren und ihn noch nicht kannten. Randy ist da, wo „Action" ist. Langeweile kennt er nicht. Er kann sich auch beschäftigen, ohne vor der Glotze zu hocken. Am meisten ärgert er sich über Ungerechtigkeiten. Ob in der Schule oder im Leben: Er setzt sich stets für die Schwachen ein, was ihm nicht selten auch Ärger einbringt.

TOSHIKIARA (TURBO)

Toshikiara ist Japaner und Randys Freund. Da er einen Namen hat, der schlecht auszusprechen ist, wird er kurz „Turbo" genannt. Turbos Eltern sind verschollen. In Japan besitzt er keine engeren Verwandten mehr. Die Familie Ritter hat sich deshalb entschlossen, ihn bei sich aufzunehmen, worüber sich natürlich Randy – der ein Einzelkind ist – unwahrscheinlich gefreut hat. Turbo besucht eine deutsche Schule. Die deutsche Sprache hat er in Japan gelernt, unter anderem auch durch den Briefwechsel, den er und Randy geführt haben. Als Erbe seiner Eltern besitzt Turbo ein altes Samurai-Schwert, dem magische Kräfte nachgesagt werden. Dieses Schwert hütet er wie einen kostbaren Schatz. Er ist kleiner als Randy und trägt das schwarze Haar zu einer Bürste geschnitten.

Seiner asiatischen Mentalität entsprechend, reagiert er eher bedächtig. Wenn es aber sein muß und darauf ankommt, ist der fünfzehnjährige Turbo voll da.

MICHAELA SCHRÖDER (ELA)

Michaela Schröder, auch „Ela" oder „Möpschen" gerufen – den letztgenannten Namen mag sie nicht –, ist die dritte im Bunde. Ela wohnt in unmittelbarer Nachbarschaft der Ritters; sie ist dunkelhaarig, trägt gern einen Pferdeschwanz, ist eine gute Judo-Sportlerin, in der Klasse irre stark in allen Fächern und liebt besonders ihren Rauhhaardackel „Biene". Sie hat noch einen kleineren Bruder namens Michael. Ihr Vater arbeitet beim Bau. Ela ist Randys Freundin, auch wenn sich die beiden hin und wieder streiten, daß die Fetzen fliegen; das haben sie jedoch schon im Sandkasten getan. Michaela ist sehr neugierig und schafft es immer wieder, genau dort aufzutauchen, wo etwas los ist. Darüber kann sich Randy manchmal ärgern.

Ela, Randy und Turbo gehören zusammen. Diese drei Freunde bilden auch „Das Schloß-Trio".

Red Geller

DAS SCHLOSS-TRIO
RANDY, TURBO & CO

Das japanische Schwert
Falschgeld auf der Geisterbahn
Gefährliche Agentenfracht
Die Mumie aus Kairo
Schreckensnacht im Landschulheim
Der Unheimliche mit der Goldmaske

1. Der Einbruch

Die Nacht war für die beiden Diebe wie geschaffen!

Grauschwarz, unheimlich, dick wie Tinte lag sie über der Stadt, und selbst die zahlreichen Lichter in den Häusern und Straßen schienen von der Schwärze verschluckt. Kein Mond stand am Himmel, kein Stern schickte sein Blinken der Erde entgegen, dafür trieb der Wind einen breiten Wolkenteppich unaufhörlich vor sich her.

Die beiden Männer in dem Volvo-Kombi gehörten zu den wenigen Personen, die sich über die Dunkelheit freuten. Ihretwegen hätte sie noch dichter sein können, denn sie wollten auf keinen Fall gesehen werden. Auch der Wagen, den sie gestohlen hatten, war von dunkler Farbe. Sie hatten ihn am Nachmittag von einem der Flughafen-Parkplätze „organisiert". Da kannten sie sich aus, das war meist eine sichere Sache. Außerdem würden sie das Auto nicht lange fahren. Nach der „Arbeit", wenn die Beute wegtransportiert war, wollten sie das Fahrzeug dann irgendwo stehenlassen.

Am Steuer saß Kalle Kaminski, 27 Jahre alt, aus Bochum stammend und Spezialist für schwere Einbrüche. Kalle war polizeibekannt, man hatte ihn schon dreimal hinter Gitter gesteckt, was aber nichts nutzte.

Er gehörte zu den Typen, die stets viel Geld benötigten – vor allem für kostspielige Hobbys. Kalle segelte gern, er surfte auch und kaufte nur die teuersten Klamotten.

Jetzt aber war er einfach, doch ganz in Schwarz gekleidet, und das ebenfalls schwarze Haar wurde von einer dunklen Strickmütze verdeckt. Kalle Kaminski trug auf der Oberlippe einen dünnen Bart, der fast von der Spitze seiner tropfenförmigen Nase berührt wurde.

Neben ihm saß „Gurke" Fiedler. Den Namen Gurke hatte er im Knast bekommen, weil er so gern Gurkensalat aß. Seinen richtigen hatte er inzwischen schon selbst vergessen. Jeder nannte ihn Gurke.

Er war schlank, fast schon schmächtig. Auf seinem Kopf

wuchsen sechs Haare in vier Reihen. Damit er auf dem Schädel nicht fror, setzte er sich den Herbst und Winter über stets eine Schiebermütze auf, die er auch jetzt nicht abgenommen hatte.

Im Gegensatz zu seinem Kumpan Kalle wirkte er blaß und unscheinbar. Gurke schaffte aber dafür jedes Schloß. Es gab keines, vor dem er kapituliert hätte. Und nur einmal hatten sie ihn richtig erwischt. Da war er ausgerechnet in das Haus eines hohen Kriminalbeamten eingestiegen. Drei Jahre hatte ihn das gekostet, aber sie waren nicht verloren gewesen, wie er immer sagte, denn im Knast hatte er Kalle kennengelernt. Seither bildeten die beiden ein Team.

„Ist auch wirklich niemand da?" fragte Gurke schon zum drittenmal.

„Der Boß hat es gesagt."

„Und was sollen wir mitnehmen?"

„Einiges."

Gurke knackte mit den Fingern und lachte. „Du bist gut. Dann hätten wir besser einen Lastwagen nehmen sollen." Er knackte weiter.

„Hör auf damit!"

„Womit?"

„Mit dem Knacken."

Gurke grinste, legte aber dann seine Hände gehorsam mit den Handflächen nach unten auf die Oberschenkel. „Du bist vielleicht nervös, Kalle."

„Bin ich nicht. Aber ich hasse es, wenn du mit deinen Knochen knackst. Du bist doch kein Skelett."

„Ich habe mir neulich eins gekauft. Kostete einen Zwanziger. Das kannst du dir selbst zusammenbauen und in die Bude hängen. Sieht spitzenmäßig aus."

„Was sagt deine Freundin dazu?"

„Die ist ausgezogen."

„Wäre ich auch."

Gurke gab keine Antwort. Er nahm statt dessen die Karte und schaltete seine kleine Punktleuchte ein. Sie hatten sich den Weg vorher eingezeichnet, und Gurke schaute nun öfter aus dem Fenster. Obwohl er draußen nicht viel erkennen konnte, zeigte ihm doch manches Straßenschild im Schein einsam stehender Laternen, wo sie sich befanden.

Der Wagen rollte durch einen ruhigen Vorort. Wer hier wohnte, ging früh zu Bett. Die Straßen waren menschenleer.

„Die nächste links", sagte Gurke.

„Weiß ich."

„Dann brauche ich ja nichts mehr zu sagen."

„Sei doch nicht so pingelig."

Gurke hob die Schultern. Aus Rache begann er wieder, mit seinen Fingern zu knacken.

„Hör auf, Gurke, das nervt mich."

„Jetzt bist du pingelig." Gurke knackte weiter.

Sein Kumpan hielt an, drehte sich nach rechts und faßte mit beiden Händen an Gurkes Ohren. „Wenn du jetzt nicht aufhörst, drehe ich dir den Hals zum Korkenzieher."

„Und wie willst du dann ins Haus kommen?"

„Das schaffe ich schon."

„Ohne mich nie."

„Gurke...!" Kalle sprach den Namen drohend aus.

„Okay, fahr weiter. Wie gesagt, die nächste links."

Zehn Sekunden später hatten sie ihr Ziel erreicht. Entlang der Straße standen auch hier kleinere Häuser, zumeist versteckt hinter Hecken oder etwas abseits liegend.

Hinter den Scheiben brannte nur selten ein Licht. In der zweiten Stunde nach Mitternacht lagen hier wohl alle längst in ihren Betten. Das Bild der Straße änderte sich ein wenig. Sie wurde nicht nur breiter, zu beiden Seiten des Volvo glitten jetzt auch die Schaufenster kleinerer Geschäfte vorbei.

Ein Bäcker, ein Metzger, Textilgeschäfte, eine Apotheke, die Filiale der Sparkasse und ein Supermarkt mit einem Parkplatz, auf den Kalle Kaminski den Volvo lenkte.

Die beiden Scheinwerfer warfen ihre Strahlen über drei abgestellte Wagen, in denen niemand mehr saß. Selbst für Liebespaare war das Wetter zu ungemütlich.

Am linken Rand des Parkplatzes stellten sie den Wagen ab. Sie hatten ihn zuvor gewendet, so daß er mit dem Kühler zur Ausfahrt stand. Nachdem sie den Wagen verlassen hatten, kontrollierten die beiden Männer die Gegend und zeigten sich zufrieden: Es war niemand zu sehen.

„Dann los, hol die beiden Säcke und die Tücher!"

„Immer ich!" beschwerte sich Gurke, ging aber zum Heck des Volvo und öffnete die Klappe.

Die Säcke lagen bereit, die Tücher steckten darin, und Gurke warf sich beide Säcke über die Schultern, bevor er Kalle folgte, der an der Rückseite des Supermarktes in einen schmalen Weg eingebogen war. Sie waren vorhin an ihrem Ziel vor-

beigefahren. Das kleine Haus lag direkt neben dem Supermarkt.

Auf leisen Sohlen näherten sich die beiden Diebe dem Hintereingang. Irgendwo in der Ferne bellte ein Hund. Der Wind
trug das Geräusch zu ihnen herüber. Ansonsten war es still. Sie
mußten noch einen kleineren Garten durchqueren und standen

dann vor einer stabilen, festen Holztür mit einem modernen Zylinderschloß.

Kalle nickte Gurke zu. „Jetzt bist du an der Reihe."

„Dann halte wenigstens die Säcke."

Kaminski nahm sie an sich.

Gurke Fiedler hatte inzwischen sein „Besteck" aus der breiten Außentasche seiner Wildlederjacke geholt. Er klappte das schmale Etui auf und verglich die vor ihm in Samt liegenden Werkzeuge mit dem Schloß. Dabei summte er leise vor sich hin und nickte zufrieden.

Er bückte sich, brauchte nicht einmal Licht, und nach etwa zwei Minuten war er fertig.

Kalle stand derweil Schmiere. Er schaute in den dunklen Garten, wo der Wind hin und wieder die Zweige der Büsche bewegte und mit den Blättern auf dem Boden spielte, die er raschelnd vor sich hertrieb.

„Es ist offen, der Herr!" meldete Gurke.

„Tatsächlich?"

Gurke wollte die Tür aufstoßen, doch Kaminski hielt ihn zurück. „Die Alarmanlage, Mensch."

„Ach so, ja."

„Sie ist an der hinteren Ladentür befestigt."

„Welches Modell?"

„Keine Ahnung."

„Hast du den Schaumstoff?"

„Sicher."

„Dann packen wir sie auch." Gurke ging vor. Ein dicker Teppich dämpfte ihre Schritte, so daß sie sich nicht erst zu bemühen brauchten, leise aufzutreten. Außerdem war das Haus um diese Zeit nicht bewohnt. Die Besitzerin war verreist. Sie würde erst am nächsten Tag zurückkehren.

Vor der hinteren Ladentür blieben die beiden Diebe stehen. Kalle Kaminski hielt die Taschenlampe hoch, deckte aber den Strahl sicherheitshalber mit der Hand etwas ab. Es konnte ja sein, daß zufällig jemand am Haus vorbeiging.

Gurke hatte nun die Alarmanlage entdeckt und winkte ge-

ringschätzig ab. „Das ist eine meiner leichtesten Übungen",
sagte er. „Die knacke ich mit dem kleinen Finger."

„Nimm lieber das Spray."

„Gib schon her."

Nach einer Minute war alles klar. Gurke stieß die Tür nach
innen auf und betrat als erster den Laden. Die Taschenlampe
hatten sie bereits ausgeschaltet.

Jetzt begann der risikoreichste Teil ihres Einbruchsplanes. Sie
befanden sich in einem Geschäft, dessen Schaufenster zur Stra-
ßenfront hin lagen und auch nicht von einem Zaun oder einer
Hecke abgeschirmt wurden. Jeder, der die Straße entlangkam,
konnte in die Schaufenster sehen und sich die dort ausgestellten
Dinge betrachten.

Es waren besondere Waren, und man hatte dafür auch einen
besonderen Ausdruck.

Antiquitäten!

Weder Kaminski noch Fiedler kannten sich auf diesem Ge-
biet aus. Sie hatten nur eine Liste der Gegenstände bekommen,
die sie stehlen sollten. Kalle war dabei, das Blatt Papier ausein-
anderzufalten, während sich sein Kumpan schon in die Dek-
kung eines hohen Barockschrankes begeben hatte und mit der
Handfläche über das edle Holz strich.

„Oh, der muß wertvoll sein."

„Ist er auch, aber den lassen wir hier. Oder willst du ihn tra-
gen."

„Verzichte."

„Dann komm mit."

„Wohin denn?"

„Frag doch nicht so dämlich!" zischte Kalle. „In den Neben-
raum. Hier stehen nur die Möbel."

Im Raum nebenan mußten sie ebenfalls wegen des Schaufen-
sters aufpassen, auch wenn dieses kleiner war. Im Fenster stand
der erste Gegenstand, den die beiden an sich nehmen sollten.

Es war eine französische Barockuhr mit einem Zifferblatt
aus Porzellan und vergoldetem Gehäuse. Auf allen vieren
kroch Gurke in die Auslage und nahm die Uhr an sich.

16

Kaminski hatte inzwischen ein weiches Tuch aus dem Sack geholt. Darin wurde die Uhr eingewickelt, bevor sie im Sack verschwand.

„Weiter", sagte Kalle.

„Was jetzt?"

„Die Madonna!"

Gurke lachte. „Die ohne Arme?"

„Ja, genau die."

„Ist die denn was wert?"

„Nimm sie und halt's Maul."

„Ja, ja, du Pingel."

Auch die Madonna wurde eingepackt.

„Und jetzt das Bild da vorn an der Wand!" Kaminski zeigte in die entsprechende Richtung.

„Das kleine?"

„Siehst du ein anderes."

Gurke grinste. „Ja, ich sehe mich im Spiegel."

„Den kannst du als nächstes nehmen."

Fiedler nahm die Gegenstände und reichte sie Kaminski, der sie sorgfältig verstaute.

„Was sonst noch?"

Kalle schaute auf seine Liste. „Wir brauchen noch den alten Schmuck."

„Wo finde ich den denn?"

„In einem der Schränke vorn."

Gurke verdrehte die Augen. „Da stehen mindestens drei."

„Sieh überall nach."

„Und was machst du?"

„Dir Beine." Kaminski hob einen Fuß, und Gurke sprang schnell zur Seite. Leider gab er nicht acht. Die Vase stand nicht nur auf einer kleinen Säule, sie stand ihm auch im Weg.

Der Teppich dämpfte den Aufprall zwar, trotzdem lag das kostbare Stück plötzlich als Puzzle auf dem Boden vor ihnen.

„Tja", sagte Gurke und kratzte sich am Nacken. „Hast du vielleicht einen Kleber mitgebracht?"

Kalle gab keine Antwort. Der Blick, den er ihm zuwarf,

reichte schon aus, und Gurke wurde immer kleiner. Gemeinsam suchten sie im größeren Raum nach dem alten Schmuck. Sie fanden ihn im zweiten Schrank in einer der Schubladen, die sie bis zum Anschlag hin aufzogen.

„Da sind ja die Klunkerchen", sagte Gurke, bekam große Augen und wollte in die Lade grapschen.

Kalle hielt ihn zurück. „Paß auf, du Trottel. Die kaputte Vase reicht."

„Ja, schon gut, wie immer bist du nachtragend."

Vorsichtig nahmen sie den Schmuck an sich. Eine Sammlung aus Ringen, Ketten, Broschen – kostbares Geschmeide, teilweise mehr als hundert Jahre alt.

„War's das?" fragte Gurke.

„Ja."

„Dann nichts wie weg. Oder sollen wir noch nach etwas Barem suchen?" Er rieb bei seiner Frage Daumen und Zeigefinger gegeneinander.

„Das machen wir nicht! Der Boß hat anders befohlen."

„Der Boß, der Boß, immer der Boß! Ich möchte wissen, wieviel er für das Zeug bekommt, das wir ihm besorgen."

„Das soll dich nicht weiter jucken. Komm jetzt!"

Sie zogen sich zurück. Jeder trug einen Sack auf dem Rücken. Behutsam schlossen sie die Türen wieder hinter sich zu. Die dünnen Handschuhe, die sie während des Einbruchs getragen hatten, behielten sie auch noch im Wagen an. Gurke knackte dennoch unverdrossen mit den Fingern.

Niemand hatte sie gesehen, niemand folgte ihnen. Wieder einmal war ein Coup gelungen. Kalle und Gurke fühlten sich so gut, als könnten sie die ganze Welt aus den Angeln heben...

2. Ein lieber Besuch

„Randy?" hallte die Stimme Marion Ritters durch die kleine Schloßhalle und die Treppe hoch, wo in der ersten Etage die Zimmer der beiden Jungen Randy und Turbo lagen.

Randy öffnete die Tür. „Was ist denn, Mutti?"

„Ich wollte nur fragen, was du gerade tust?"

„Nichts."

„Aha. Und Turbo?"

„Der hilft mir dabei!"

„Toll, was ihr wieder könnt. Wie wäre es denn, wenn ihr mal herunterkommt und damit anfangt, eure Fahrräder zu putzen. Wenn mich nicht alles täuscht, wolltest du das schon vor zwei Tagen machen."

„Da haben wir auch eine Lateinarbeit geschrieben."

„Und heute?"

„Denke ich nach."

„Am Wochenende? Seit wann das denn?"

„Okay, Lady Ritter, du hast gewonnen, wir kommen." Randy grinste. „Reimt sich sogar."

Randy gehörte zu den Jungen, die man als locker bezeichnen konnte. Er war groß, schlank und trug sein dunkelblondes, hie und da ins Braune übergehende Haar mittellang geschnitten. Unter der geraden Nase hing der rechte Mundwinkel ein wenig schief, so daß es aussah, als würde Randy ständig grinsen oder sich über irgend etwas amüsieren. Er war sechzehn, besuchte das Gymnasium und hielt sich in der Klasse im guten Mittelfeld.

Sein Lieblingsfach war Sport. Gleich dahinter kam Mathe. Die Begabung hatte er von seinem Vater, einem Doktoringenieur geerbt, der nicht nur Wissenschaftler war. Dr. Ritter arbeitete manchmal auch für den Staat, genauer für den Geheimdienst.

Randy zog die Action an. Wo er sich aufhielt, war eigentlich immer was los. Er, sein Freund Turbo und Michaela Schröder – die drei bildeten zusammen das Schloß-Trio – hatten eigentlich nie Langeweile. Seltsamerweise passierte auch immer etwas, denn sie waren schon mit Spionen, Falschmünzern und Rauschgifthändlern zusammengestoßen, zuletzt noch mit Video-Piraten, die ihr Versteck auf einem alten Friedhof in der Eifel gehabt hatten.

Randy ging auf dem breiten Flur einige Schritte weiter und drückte die Tür zu Turbos Zimmer auf.

Turbo, der Toshikiara hieß, aber den Namen konnte sich kein Mensch merken, hockte vor seiner neuesten Errungenschaft, einem Computer. Er tippte Zahlenkolonnen ein, starrte auf den Monitor und schrak heftig zusammen, als Randy das Bellen eines Hundes nachahmte.

„Mann!" rief Turbo, stieß die Arme in die Luft und wirbelte auf dem Stuhl herum. „Hast du..."

„Habe ich nicht."

„Hier ist also kein Hund?"

„Genau."

„Weshalb hast du dann gebellt?"

Randy lehnte sich gegen den Türpfosten und schaute auf Turbos dunkles Haar, das er zur Bürste geschnitten trug. Der fünfzehnjährige Japaner war kleiner als Randy, aber breiter in den Schultern. Er war ein guter Karatesportler und besaß als Erbe seiner verschollenen Eltern ein altes Samurai-Schwert, das er wie seinen Augapfel hütete, denn es hatte mal eine japanische Gangsterbande gegeben, die das Schwert unbedingt stehlen wollte.

„Ich wollte dich wecken."

„Wecken – du spinnst ja. Ich habe gearbeitet."

Randy schaute sich im Raum um. „Wo denn?"

„Am Computer."

„Das nennst du Arbeit? Ist doch Spielerei. Ich wollte dich zur Arbeit abholen."

„Und was sollen wir tun?"

„Fahrräder putzen."

„Ich?" fragte Turbo.

„Unter anderen."

Der junge Japaner verdrehte die Augen, als er sich vom

Stuhl hochschraubte. „Mußte man mir das antun? Ich arbeite an hochgeistigen Dingen, durchforsche Probleme..."

„Welche?"

„Ich bin dabei, eine Liste all der Bücher hier im Schloß aufzustellen. Ich ordne sie nach Sachgebieten und werde bald die Tabellen ausdrucken können. Wenn du ein bestimmtes Buch haben willst, tippst du den Titel ein, und auf dem Bildschirm erscheint der Hinweis, wo das Buch steht."

„Also im Regal."

„In der Regel."

Randy grinste. „Kann ich auch hingehen und das Buch einfach an mich nehmen?"

„Du meinst hochklettern und ..."

„Richtig, Schnellmerker." Er tippte mit dem Zeigefinger gegen Turbos Brust.

„Das geht auch."

„Dann verzichte ich auf deinen Computer."

„Aber nicht auf das Putzen der Räder!" Die Jungen drehten sich zugleich um. Randys Mutter war in der Halle erschienen und hatte die letzten Sätze ihres Gesprächs mit angehört.

Sie stand da wie ein Feldwebel, der auf den Einsatz seiner Truppe wartet. Randys Mutter war eine blonde Frau mit halblangen Haaren, das in weichen Wellen ihr Gesicht umrahmte. Eigentlich gehörte sie zu den sanften Menschen, aber Frau Ritter konnte dennoch sehr energisch werden, wenn es sein mußte. Nicht zuletzt war sie eine flotte Frau, auch jetzt trug sie graue Jeans und einen locker fallenden Pullover.

„Mußt du nicht in den Laden, Mutti?"

„Nein, heute ist Samstag."

„Aber du warst doch neulich ..."

„Da hatte Christine auch besondere Kunden bestellt, die gewisse Dinge aussuchen wollten."

„Okay, Mutti, wir ziehen los."

„Die Räder stehen schon draußen, und zieht euch was über."

Marion Ritter drehte sich um und verschwand in der Küche. In den letzten Wochen hatte sie einen Job angenommen. Das heißt, sie war nicht regelmäßig berufstätig, aber eine alte Freundin hatte sie gebeten, hin und wieder in ihrem Antiquitätengeschäft mit auszuhelfen. Frau Ritter hatte sich vor Jahren einmal sehr für Antiquitäten interessiert und dabei viel über diese wertvollen Stücke gelernt.

Wenn Not am Mann war, rief Christine Berger sie an, und Marion Ritter fuhr hinüber. Es machte ihr großen Spaß, dort auszuhelfen.

In Gedanken versunken schrak sie jetzt leicht zusammen, als sie hinter sich die leisen Schritte vernahm.

Randy stand in der Küche. Er schaute auf den großen Tisch und sagte: „Turbo wollte noch etwas essen."

Frau Ritter lächelte. „Und du nicht?"

„Bevor ich mich schlagen lasse."

Sie ging zum Kühlschrank. „Da sind noch ein paar Frikadellen von gestern abend übrig."

„Wußte ich doch."

Sie holte den Teller hervor, auf dem vier dieser Bremsklötze lagen. „Für jeden zwei", sagte Frau Ritter und packte sie in eine Tüte.

Randy wollte damit gerade die Küche verlassen, als das Telefon anschlug. Im Haus der Ritters standen mehrere Apparate, einer unter anderem in der Küche.

Marion Ritter nahm ab. „Ach!" rief sie, nachdem sich der Teilnehmer gemeldet hatte. „Du bist es, Christine..." Sie hörte eine Weile zu, dann wurde ihr Gesicht ernst.

Randy, der dies beim Weggehen merkte, blieb stehen und bekam große Augen. Neugierde gehörte zu seinen Schwächen, vor allen Dingen, wenn er einen Kommentar hörte, wie jetzt den seiner Mutter. „Das ist ja furchtbar, Christine."

Sie lauschte weiterhin gespannt.

Randy kam näher. „Was ist furchtbar?" fragte er.

Seine Mutter winkte unwillig ab. Aufmerksam hörte sie zu, kantete einen Fuß hoch und schleifte mit der Spitze über den Steinboden der Küche. „Schnell, Randy, einen Zettel und Bleistift."

Der Junge schob rasch Block und Stift seiner Mutter hin. Sie hatte sich an den Küchentisch gesetzt und den Hörer zwischen Schulter und Kinn eingeklemmt. Mit der freien Hand griff sie nach dem Kuli, den ihr der Junge reichte.

Sie schrieb so schnell, daß Randy ihre Schrift nicht mehr entziffern konnte. „Ja", sagte sie, „das ist gut. Natürlich kannst du kommen. Wunderbar, du bringst die Fotos dann mit. Nein, das macht uns nichts. Wir bekommen zwar Besuch, aber der ist genau richtig. Die beiden besitzen ebenfalls einen Antiquitätenladen. Ja, das sind die Bonner. Wann sie kommen? Gegen sechzehn Uhr." Marion Ritter hörte kurz zu und sagte: „Schade, daß du nicht bleiben kannst. Aber die Bilder bringst du vorbei?"

Randy stand neben dem Tisch und reimte sich einiges zusammen. In der offenen Tür erschien Turbo, sein Gesicht war ein einziges Fragezeichen.

Randy legte einen Finger auf die Lippen. Turbo verstand.

Mit einem geflüsterten „Das gibt es doch nicht" legte Marion Ritter den Hörer auf.

„Was gibt es nicht, Mutti?"

Die Frau schüttelte den Kopf und strich mit den Fingern wie mit einem Kamm durch das Haar. „Bei Christine ist eingebrochen worden. Stell dir das mal vor."

„Im Laden?"

„Ja – wo sonst?"

„Und? Haben die Diebe viel gestohlen?"

„So einiges. Eine wertvolle Uhr, eine noch kostbarere Madonna, auch alten Schmuck."

„Und die Alarmanlage?"

Frau Ritter stand auf. „Tot, sie war einfach tot. Ausgeschaltet." Sie hob die Arme und ließ sie wieder fallen. „Sachen gibt's." Dann räusperte sie sich. „Christine wird heute nachmittag kurz vorbeikommen und mir die Fotos zeigen."

„Welche Fotos?"

„Schau, Junge. Von jedem Gegenstand, den sie besitzt, hat sie mehrere Aufnahmen gemacht. Das ist wichtig, wenn man mit so wertvollen Stücken umgeht."

„Klar, kann ich verstehen. War sie schon bei der Polizei?"

„Das weiß ich nicht."

„Wird ja ein heißer Nachmittag", meinte Randy. „Wir bekommen ja noch Besuch – oder nicht?"

„Ja, die beiden Fazius'."

„Wer ist das denn?" fragte Turbo. Er stand noch immer an der Tür.

24

Frau Ritter gab die Antwort. „Es sind alte Freunde von uns. Sie wohnen in Bonn, das heißt, schon in Bad Godesberg, und sie haben ebenfalls ein Antiquitätengeschäft. Will und Elfriede Fazius sind ziemlich bekannt in der Branche, man kann sie durchaus als Experten bezeichnen."

„Wissen die mehr als Sie, Frau Ritter?"

„Und wie." Marion setzte sich wieder. „Jetzt brauche ich erst mal eine Tasse Kaffee."

„Soll ich ihn dir kochen, Mutti?"

„Kommt nicht in Frage. Ihr beide werdet eure Fahrräder putzen. Das ist wichtiger."

„Na ja, wir könnten helfen, die Diebe zu fangen, oder mal schauen, ob die Polizei Spuren übersehen hat..."

„Die Räder warten!"

„Ja, schon gut, wir sind weg."

„Vergeßt eure Frikadellen nicht."

„Geht klar."

Einträchtig nebeneinander schlenderten die beiden Jungen durch die Halle. Im großen Kamin, nicht weit vom Eingang entfernt, brannte ein kleines Feuer, dessen Kraft ausreichte, um die Halle zu erwärmen. Turbo wollte natürlich wissen, was genau geschehen war.

„Kann ich dir auch nicht so sagen. Jedenfalls ist bei Christine Berger eingebrochen worden."

„Kennst du die Frau?"

„Ja und Nein. Ich habe sie mal gesehen." Randy öffnete die Tür. Sie traten hinaus in den kühlen Novembertag. Die Luft war klar. Der nahe Rhein wälzte sich schwerfällig durch sein breites Bett. Er sah aus wie eine gewaltige Schlange, die sich durch die Landschaft wand. Auf dem Wasser zogen Schiffe in beiden Richtungen vorbei.

Die Räder standen an der Rückseite, wo sich der Gemüse- und Blumengarten befand. Im Sommer war er ein kleines blühendes Paradies, jetzt im Herbst wirkte er kahl und leer.

Vor den Fahrrädern blieben die Jungen stehen. Turbo verzog die Lippen. „Sind wir durch Schlamm gefahren?"

„Ja, bei der letzten Rallye."

„Das sieht man."

„Ich hole einen Schlauch", sagte Randy. „Wir spritzen die Dinger am besten ab."

„Okay."

Ein Wasseranschluß befand sich auch außerhalb des Hauses und direkt in der Nähe. Randy schraubte eine Düse auf, die den Wasserstrahl zu einem Fächer werden ließ.

„Ich spritze, du reibst trocken."

Turbo beschwerte sich. „Weshalb nicht umgekehrt?"

„Weil ich die Idee hatte." Randy drehte an der Düse. Er schaute zu, wie das Wasser aus der Düse schoß. Er gab mehr Druck, damit der knochentrockene Lehm an den Rädern richtig aufgeweicht und anschließend abgespült wurde.

Turbo stand daneben. Seine Gedanken drehten sich um den Einbruch. „Irgendwie ist das komisch", sagte er.

„Wie meinst du das?"

„Na ja, daß da nichts funktioniert hat. Die Alarmanlage und so."

„Die Diebe kannten sich eben aus."

„Woher hatten sie die Informationen?"

Randy warf dem Freund einen schrägen Blick zu. „Das weiß ich doch nicht. Hol schon mal die Lappen und Tücher. Sie liegen..."

„Ich weiß, wo sie liegen." Turbo reckte sich und verschwand durch eine der Hintertüren.

Randy spritzte noch eine Weile weiter. Als Turbo zurückkam, glänzten die beiden Räder wie neu. Es waren Drei-Gang-Tourenräder mit spitz zulaufenden Sätteln.

„Hier sind die Tücher", sagte Turbo, während Randy schon den Schlauch einrollte.

Natürlich rieb Turbo die Räder nicht allein ab. Randy half ihm dabei. Er putzte zunächst mit einem Wischlappen die grobe Nässe weg, bevor er anfing, den Gegenstand trockenzupolieren.

„Ein paar Tropfen Öl könnten auch nicht schaden", sagte

Turbo. „Ich habe das Kännchen gleich mitgebracht." Er deutete auf die Außenbank eines Fensters, wo es stand. Danach kippte er das Rad um und ließ es auf dem Kopf stehen, bevor er auflachte.

„Was hast du?" fragte Randy.

Turbo wirbelte den Lappen um sein Handgelenk. „Manchmal gibt es schon komische Zufälle. Da ruft diese Christine Berger an, erzählt von einem Einbruch, und wir bekommen heute noch Besuch von den Antiquitätenhändlern aus Bonn."

„Was meinst du denn damit?"

„Da trifft alles zusammen."

„Ja, so Tage gibt es." Auch Randy kantete sein Rad um. Er holte gerade die kleine Ölkanne, als er das lustige Bellen hörte. So bellte nur *ein* Hund, und allein kam der bestimmt nicht.

Randy drehte sich um. Er und Turbo konnten das dritte Mitglied des Schloß-Trios noch nicht sehen. Erst jetzt, als Biene, der Rauhhaardackel, so freudig bellte, entdeckten sie auch Michaela Schröder, das dunkelhaarige Mädchen mit dem Pferdeschwanz, den lustigen Sommersprossen und so etwas wie Randys Freundin.

„He, ihr beiden!" rief Michaela, meist Ela genannt oder Möpschen, aber den Namen haßte sie. „Was sehe ich denn da?"

„Uns!"

„Aber bei der Arbeit. Ist ja was ganz Neues. Toll, ihr wollt euch wohl bessern. Könnt ihr auf Biene aufpassen?"

„Dazu bist du doch da?"

„Ich will zurücklaufen und mein Rad holen. Wenn ihr schon dabei seid, könnt ihr meinen alten Drahtesel gleich mit putzen."

Randy kam einen Schritt auf Ela zu. „Und was träumst du in der Nacht?"

„Von dir sicherlich nichts."

Biene war nicht mehr zu halten. Die Hündin sprang an Randys Beinen hoch, wollte gekrault und gestreichelt werden, legte sich auf den Rücken und überrollte sich einige Male.

„Ja, ja, du bist ja die Beste", sagte Randy, als er mit beiden Händen über Bienes Bauch strich, was sie so gern hatte. „Wenn du so wärst, wie Möpschen sein müßte . . ."

Eine Sekunde später bekam Randy keine Luft mehr und fing an zu würgen. Ela hatte seinen Hals im Griff. „Was hast du da gesagt?"

„Ich kann mich nicht erinnern."

„Jetzt wird dich Möpschen mal flachlegen." Sie gab ihm einen Schubs. Randy, der hockte, fiel nach hinten und blieb zappelnd wie ein Käfer auf dem Rücken liegen.

„Erbarmen, Ela, Erbarmen!"

„Spiel hier nicht den Affen."

„Darf ich aufstehen, Gnädigste?"

„Ist mir egal." Sie drehte sich um. „Hallo, Turbo."

„Grüß dich, Ela."

Biene mußte auch Turbo begrüßen. Er nahm den Hund auf den Arm, der die Augen verdrehte und vor Freude fiepte.

Ela Schröder stand da und schaute sich um. Der Wind blähte ihren nicht geschlossenen Anorak auf. „Eine tolle Beschäftigung für einen Samstag", kommentierte sie.

„Na und?"

„Ich meine nur."

„Was hattest du denn vor?" fragte Randy.

„Nur mal schauen und Biene etwas ausführen." Sie rollte die Leine zusammen und steckte sie ein. „Hier ist auch nichts los."

„Doch, du kannst mithelfen."

„Das wüßte ich aber. Gibt's denn was Neues?"

„Kaum."

„Doch", sagte Turbo und setzte Biene wieder ab. „Es gibt einen Einbruch zu vermelden."

Ela bekam große Augen. „Wie und wo?"

„Bei einer Freundin von Randys Mutter. Die hat einen Anti-quitätenladen . . ."

„Ist das der, wo deine Mutter hin und wieder aushilft?"

Randy nickte. „Ja, im letzten Monat hat sie den Job angenommen."

„Da wurde eingebrochen? Was ist denn gestohlen worden?"

„Einiges an Klunkern und anderem Zeug. Alte Sachen eben. Eine Uhr auch und eine Madonna."

Ela strich eine Haarsträhne aus der Stirn. „Und? Hat man schon eine Spur gefunden?"

„Glaube ich nicht."

„Was sagt denn die Polizei?"

Randy hob die Schultern. „Keine Ahnung. Ich weiß nicht einmal, ob Frau Berger die Polizei eingeschaltet hat. Jedenfalls wußte meine Mutter auch nicht weiter Bescheid."

„Das ist stark."

„Der Einbruch?" fragte Turbo.

„Nein, nur so." Ela lächelte spitzbübisch. „Wäre das nicht etwas für uns?"

Turbo und Randy schauten sich an. Der Junge aus Japan hob die Schultern, das gleiche tat auch Randy. So recht wollte niemand mit einer Antwort herausrücken.

„Na ja", sagte Randy schließlich. „Wir hatten ja lange Ruhe. Die Sache mit den Video-Piraten liegt ja schon einige Zeit zurück."

„Das kannst du nicht vergleichen!" mischte Turbo sich ein.

„Wieso nicht?"

„Denk mal nach, Mensch. Die Video-Piraten, das war eigentlich harmlos. Ich habe vor kurzem einen Artikel in der Zeitung über diese Antiquitätenschmuggler gelesen. Das sind oft internationale Banden und bestimmt drei Nummern zu groß für uns."

Ela zog einen Flunsch. „Ich dachte, du wolltest hier der große Krimi-Star sein?"

„Das habe ich nie behauptet."

„Turbo fährt jetzt auf Computer ab."

„Genau, Ela, genau. So ein Computer ist super. Herr Ritter hat ihn mir besorgt. Ich kann da sogar die deutsche Sprache richtig lernen. Wenn du ihn dir ansehen willst, ich gebe dir gern eine Lehrstunde..."

Randy verdrehte die Augen. „Diese Stunde zieht sich meist

über den ganzen Nachmittag hin. Da vergißt er sogar das Essen."

„Ha!" rief Turbo und stieß einen Arm in die Höhe. „Wo sind die Hundekuchen?"

„Was?" rief Ela.

„Er meint die Thekenflöhe."

„Ach, die Frikadellen. Die haben aber nichts mit dem Computer zu tun – oder?"

„Nein, die kommen aus dem Ofen meiner Mutter." Randy trug die Tüte noch in der Jackentasche. Als er sie hervorholte und hineinschaute, wurde sein Gesicht ziemlich lang.

„Stimmt was nicht?" fragte Ela.

„Doch, ja, aber das sind keine Thekenflöhe mehr. Ich würde sagen, die erinnern mich an Pfannkuchen. Ich weiß auch wieso", fuhr er rasch fort. „Als du mich umgerissen hast, bin ich auf die Tüte gefallen. Also bist du schuld."

„Immer auf die Kleinen. Du hättest ja nicht Möpschen zu sagen brauchen. Nein, nein..."

„Willst du trotzdem eine?"

„Klar." Ela streckte die Hand aus.

Auch Turbo bekam einen „Pfannkuchen". Die Freunde aßen, und als Biene sauer wurde und entsprechend bellte, bekam sie die letzte Frikadelle. Die Hündin machte sich darüber her wie Turbo und Randy normalerweise über Currywurst und Fritten.

Sie aßen noch, als sie den Motor eines Autos hörten. Da fuhr der Wagen auch schon den Weg hinab zum Schloß. Es war ein schneeweißer Mercedes, ein 300er Coupé mit roten Ledersitzen und blitzenden Radkappen.

„Wer ist das denn?" staunte Ela.

„Möchte ich mal gern wissen."

„Christine Berger, Mutters Freundin."

Ela nickte. „Sieht echt stark aus, der Wagen. Die muß ja schwer an dem alten Zeug verdienen." Sie schluckte den letzten Frikadellenrest hinunter und drehte sich um.

„Wo willst du hin?"

„Mir den Wagen mal anschauen."

„Wir kommen mit." Randy wischte seine Hände ab und folgte den beiden Freunden. Turbo ging neben Ela her und redete nur über seinen Computer.

„Kann der auch zeichnen?"

„Meinst du so Graphiken oder ähnliches?"

„Ja."

„Das kann der. Tolle Sachen, sage ich dir. Spiralen und geometrische Figuren, die ineinander übergehen, so daß sich völlig neue Perspektiven und Motive eröffnen."

„Aber er malt oder zeichnet nicht so etwas wie ich?" Ela sprach dabei ihr Hobby an, die Malerei.

„Die Kleckserei?"

Für diese Antwort bekam Turbo einen Stoß in die Seite. „Von wegen Kleckserei. Was ich mache, ist Kunst."

„Aber Kunst kommt von Können!" mischte sich Randy ein, der die beiden belauscht hatte.

Ela drehte sich um. „Das mußt du gerade sagen, als der große Nichtkönner."

„Hallo!"

Den Freunden schallte der Ruf einer hellen Frauenstimme entgegen. Es war Christine Berger, die den Wagen verlassen hatte. Sie war eine Frau, die immer in Bewegung sein mußte. Randy empfand sie als schrecklich hektisch. Wenn sie redete, dann mit der Schnelligkeit eines Maschinengewehrs. Frau Berger war stets sehr modisch gekleidet; sie machte dreimal im Jahr Urlaub – und das in den teuersten Hotels.

„Die trägt ja eine Pelzjacke", sagte Ela leise. „Nee, so eine mag ich nicht."

„Ich auch nicht", sagte Turbo.

Randy hob die Schultern. Die Bewegung sagte alles. Auch Biene schien die Frau nicht zu mögen. Sie knurrte leise vor sich hin und hatte sich eng an Elas rechten Fuß gedrückt.

Frau Berger kam näher. Die helle Pelzjacke war nicht geschlossen. Um den Hals hatte die Frau mehrere Ketten auf einmal gehängt. Gold und Silber wechselten sich ab und funkelten um die Wette. Ihr Haar war zu einer Sturmfrisur hochgekämmt. Außerdem hatte sie es aschgrau gefärbt. Auch eine Parfümwolke schwang ihnen entgegen, und das Gesicht mit den nixengrünen Augen war stark geschminkt.

„Die paßt gar nicht zu deiner Mutter", flüsterte Ela.

„Meine ich auch."

„Na, wie geht es euch?" fragte Frau Berger.

„Gut!" Randy lächelte.

„Ich bin auf dem Weg ins Haus. Wollt ihr auch mit hinein?"

„Ich schon", sagte Randy.

„Und ich gehe noch eine Runde mit Biene."

„Kann ich mit?" fragte Turbo.

„Meinetwegen. Aber erzähle mir nicht so viel über Computer." Ela wandte sich an Randy. „Kommst du dann wieder?"

„Klar doch." Er ging neben Christine Berger her, die gleich aufgeregt zu sprechen begann. „Du hast sicherlich gehört, was bei mir passiert ist. Dieser Einbruch, nicht?"

„Klar."

Sie fuchtelte mit beiden Händen herum. An ihren Fingern blinkten mehrere Ringe. „Nur die wertvollsten Stücke haben diese Banditen mitgenommen. Der alte Schmuck war ungemein kostbar."

„Und die Alarmanlage?"

„Haben sie einfach lahmgelegt." Christine Berger schüttelte den Kopf. „Ich verstehe das nicht."

In der Halle wartete Frau Ritter. Sie hatte Kaffee gekocht und frisch gebackenen Kuchen aufgeschnitten. „Ich habe deinen Sohn mitgebracht, Marion."

„Bist du fertig mit der Arbeit, Randy?"

„Fast."

„Wo ist Turbo?"

„Bei Ela."

„Ist sie auch gekommen?" fragte Frau Ritter und schenkte derweil Kaffee ein.

„Ja, sie wollte Biene etwas spazierenführen."

„Dann kann sie auch bleiben und gleich mit uns Kaffee trinken."

„Ich werde sie mal fragen."

„Also ich bin sowieso gleich weg", sagte Frau Berger, die einen ersten Schluck nahm, aus ihrer Jackentasche ein dickes Kuvert holte und es auf den runden Tisch vor dem Kamin legte. „Ich wollte nur eben die Fotos vorbeibringen."

„Warum hast du es denn so eilig, Christine?"

„Du weißt doch, Marion, ich muß doch einiges mit der Versicherung regeln und habe auch einen Termin bei der Polizei." Sie strich durch ihr Haar und holte dann eine Schachtel Zigaretten hervor. Mit hektischen Bewegungen zündete sie sich das Stäbchen an und paffte blaugraue Wolken.

„Ein Stück Kuchen wirst du doch essen, Christine."

„Nein, nein!" Mit beiden Händen wehrte die Frau ab. „Keinen Kuchen. Himmel, meine Figur."

„So schlank wie du bist."

„Trotzdem, ich möchte keinen Kuchen." Sie rauchte und rückte mit einem anderen Wunsch heraus. „Wenn du vielleicht einen winzigen Cognac hättest, wäre ich dir sehr verbunden."

„Ich hole einen", sagte Randy.

Er ging in den großen Wohnraum und öffnete das Barfach im Wandschrank. Diese Frau ging ihm auf den Geist. So etwas von Hektik war kaum auszuhalten.

Mit dem Glas in der Hand ging er wieder zurück in die Halle. Im unteren Drittel des Glases schimmerte die braune Flüssigkeit.

„Oh, das ist nett, Randy, danke." Frau Berger nahm das Glas an sich und leerte es mit einem Schluck. Dann lehnte sie sich zurück. „Ah, das tut gut, wirklich."

Ihre Zigarette klemmte am Aschenbecherrand fest und verqualmte dort. Daneben lagen die Fotos der gestohlenen Gegenstände. Es waren Hochglanzpapier-Bilder und gestochen scharf aufgenommen. Obwohl Randy kein Fachmann war, mußte er zugeben, daß die gestohlenen Antiquitäten toll aussahen. So richtig wertvoll.

„Und die sind alle weggekommen?" fragte er.

Christine Berger riß die Augen auf. „Ja, Junge, das sind sie.

Ich darf an den Wert gar nicht denken. Dieser alte Schmuck und die Madonna sind besonders kostbar. Die haben genau gewußt, was sie stahlen, das glaub mir mal."

„Woher denn?"

„Wie meinst du das?" Irritiert schaute Frau Berger den Jungen an.

Randy hatte ein Bild an sich genommen und legte es jetzt wieder weg. „Ich meine, daß die genau gewußt haben, was sie nahmen. Vielleicht bekamen sie einen Tip."

„Meinst du?"

„Klar."

„Aber..."

„Ist Ihnen oder ist dir, Mutti, als du im Geschäft warst, denn nichts aufgefallen? Hattet ihr komische Kunden, die irgendwelche Fragen stellten oder sich im Laden auffällig genau umschauten?"

„Randy, jetzt fragst du wie ein Polizist", stellte Frau Berger fest.

„Na ja, das ist klar. Wer so etwas stiehlt, der hat genau Bescheid gewußt."

Christine Berger hob die Schultern. „Ich komme da nicht so recht mit", sagte sie. „Ich kann mich auch nicht an Besucher erinnern, die sich verdächtig benahmen. Du etwa, Marion?"

„Nein, überhaupt nicht."

Christine Berger drückte ihre Zigarette aus. „Für mich ist es wichtig, daß ich die Sachen zurückbekomme. Es waren alles Unikate, Dinge, die es nur einmal gibt. Aber ich kenne die Branche etwas. Die Sachen sind bestimmt schon auf den internationalen Hehlermärkten in Brüssel, Genf oder Paris. Das war Profiarbeit, Freunde. Außerdem bin ich nicht die einzige Händlerin, bei der in den letzten Wochen eingebrochen wurde. Ich kenne noch drei Kollegen, denen das gleiche widerfahren ist." Sie redete, ohne Luft zu holen, und schaute auf die Uhr. „Oh, für mich wird es Zeit. Die Versicherung, wie ich schon sagte."

„Wir wollen dich nicht aufhalten, Christine." Frau Berger erhob sich. „Wann soll ich wiederkommen?"

„Vielleicht in der nächsten Woche. Jedenfalls lasse ich das Geschäft für einige Tage geschlossen."

„Ich bringe dich noch bis zum Wagen."

Randy folgte den beiden Frauen nach draußen. Sein Gesicht war nachdenklich geworden. Beide Hände hielt er in den Hosentaschen vergraben. Sein Gefühl, daß bei diesem Einbruch etwas nicht stimmte, verstärkte sich zusehends. Hätte er es jedoch in Worte fassen sollen, wäre er überfordert gewesen.

Christine Berger umarmte ihre Freundin zum Abschied, winkte Randy lässig zu und startete mit durchdrehenden Hinterrädern.

„Du magst Christine nicht – oder?"

Randy spürte die Hand seiner Mutter auf der rechten Schulter. „Wenn ich ehrlich sein soll, Mutti, hast du recht. Diese Frau ist komisch. Kann die überhaupt schlafen, so nervös wie die sich benimmt? Da ist alles nur Hektik."

„Stimmt. Was soll's? Wir müssen ja nicht mit ihr zusammenleben."

„Klar. Mal was anderes, Mutti. Wann kommen denn Tante Elfriede und Onkel Will?"

„In zwei Stunden, zum Kaffee."

„Die haben doch auch einen Antiquitätenladen, nicht wahr?"

„Allerdings."

„Sind sie auch bestohlen worden?"

„Keine Ahnung. Nein, ich glaube es nicht. Das hätten sie gesagt." Marion Ritter zog fröstelnd die Schultern hoch. Trotz des Pullovers war ihr hier draußen kalt geworden. „Ich gehe jetzt zurück. Bleibt Ela auch zum Kaffee?"

„Bestimmt, wie ich die kenne."

„Gut, dann koche ich eine große Kanne Kakao. Und wie sieht es mit den Fahrrädern aus?"

„Sind so gut wie perfekt."

Marion Ritter lächelte, bevor sie ihrem Sohn zuzwinkerte. „Ich will dir mal glauben."

„Du kannst nachschauen, Mutti."

„Später, mein Junge."

Marion Ritter verschwand im Haus. Es war fast ein Schloß, zumindest war es ein großes Herrenhaus am Ufer des Rheins, aber außerhalb des Hochwassergebiets.

Zum Schloß gehörte noch ein Anbau, ein Turm, in dem Randys Vater seinen Forschungen nachging. Dort war sein Labor untergebracht. Als Physiker und Ingenieur war Dr. Ritter eine anerkannte Kapazität, und dies auf internationaler Ebene.

Bei den Ritters lebte auch noch Alfred. Offiziell war er als „Mädchen für alles" eingestellt. Doch fungierte Alfred, mit dem die Jungen prächtig auskamen, in erster Linie als Leibwächter. Er hatte schon einiges im Leben hinter sich, hatte in vielen, auch gefährlichen Berufen gearbeitet, war unter anderem Spezialist für Filmtricks gewesen, hatte als Stuntman gejobbt, kannte sich in der Welt aus und war auch so etwas wie ein Mitarbeiter des Geheimdienstes. Im Gegensatz zu Dr. Ritter forschte Alfred nicht, er hielt nur die Augen offen.

Scharf und klar stach der graue Turm in den Himmel, über den eine hoch liegende Wolkendecke zog, von einer Farbe wie flüssiges Blei. Randy ging zu seinen Freunden zurück. Er fand sie bei den Rädern.

„Ist sie weg?" fragte Ela.

„Ja."

„Ich mag sie nicht."

Randy hob die Schultern. „Wir haben ja nichts mit ihr zu tun. Die ist unheimlich hektisch. Auch jetzt konnte sie kaum eine Minute ruhig sitzen."

„Was unternimmt sie denn, um die Diebe zu finden?" fragte Turbo.

„Weiß ich nicht. Sie hat wohl einige Verabredungen mit den Versicherungsleuten."

„Und die Polizei?"

„Ist außen vor." Randy stellte das Rad wieder normal hin und kickte den Ständer aus. „Meine Mutter fragt, ob du zum Kaffeetrinken bei uns bleibst, Ela?"

„Bekommt ihr nicht Besuch?"

„Die beiden sind nett. Du kennst sie doch, es sind alte Freunde von meinem Vater. Er hat mal als Student in ihrer Nähe gewohnt. Es ist jetzt schon fast ein halbes Jahr her, seit sie zuletzt bei uns waren. Außerdem kommt mein Vater auch bald zurück. Das hat er wenigstens bei seinem letzten Anruf versprochen."

Ela nickte. „Überredet, aber ich muß vorher noch bei uns anrufen."

„Klar, mach das."

Turbo stieß seinen Freund an. „He, Randy, was ist mit dir? Du siehst so komisch aus."

„Komisch?" Randy zuckte mit den Schultern. Dann schaute er gegen den wolkenverhangenen Himmel. „Du kannst recht haben. Irgendwie werde ich das Gefühl nicht los, daß dieser komische Einbruch uns noch sehr beschäftigen wird..."

3. Der Boß mit der Maske

Nach Norden hin, wo die Straße herlief, befand sich der Schandfleck der Gegend, eine Müllkippe. An ihrem Rand, wo ein breiter Trichter das Gelände durchschnitt, hatte vor Jahren einmal eine Zementfabrik gestanden. Als der in unmittelbarer Nähe liegende Steinbruch abgebaut gewesen war, wurde auch der Betrieb in der Zementfabrik eingestellt.

Seit dieser Zeit galt das Gelände als tot, verrottet, eben als Schandfleck.

Niemand machte sich die Mühe, die beiden Hallen abzureißen. Auch die Kühltürme und die Förderbänder standen noch und wirkten wie Mahnmale einer großen Pleite.

Die Natur aber ließ sich nicht aufhalten. Sie wucherte weiter. Gras und wildwachsendes Buschwerk hatten das Gelände zurückerobert. An manchen Stellen stand es mannshoch, und auch an den Seiten der beiden Hallen kroch es in die Höhe.

Nicht einmal spielende Kinder interessierte das Gelände, denn der Wind trug oft genug den Gestank der Müllkippe herüber, und der war nicht gerade angenehm.

Zur ehemaligen Fabrik führte eine schmale, staubige Straße. Nicht asphaltiert, einfach ein Weg, der auf halber Strecke vom verrosteten Schienenstrang einer ehemaligen Industriebahn begleitet wurde. Die Gleise verschwanden kurz vor der leerstehenden Fabrik im Buschwerk und tauchten auch nicht mehr auf.

Niemand sah den weißen VW Polo, der wie ein Springfrosch über den Weg hüpfte und seinen Kurs auf das Gelände der leerstehenden Zementfabrik nahm.

Es hatte zwar erst vor kurzem geregnet, dennoch wirbelten die Räder den feinen und trockenen Staub in die Höhe. Diese Wolken zogen sich wie Kondensstreifen hinter dem Wagen her und zeichneten seine Fahrstrecke nach.

Hinter dem Lenkrad hockte Kalle Kaminski. Er und sein Kumpan Gurke Fiedler waren zum Boß bestellt worden. Sie kannten das Spiel inzwischen, dennoch war es ihnen jedesmal ziemlich mulmig, wenn nicht unheimlich. Ihr Boß liebte nämlich eine gewisse gespenstische Atmosphäre und auch die entsprechenden Verkleidungen.

Selbst seine Stimme hatten sie noch nie gehört, da er in ein Mikrophon sprach, an das ein Stimmenverzerrer angeschlossen war; ein schrilles Quäken war daher das einzige, was sie je vernahmen.

„Meinst du, es gibt Anschiß?" fragte Gurke.

„Wofür?"

„Die Vase."

„Ach so, kann sein."

„Ich lasse mir aber nichts abziehen, das sage ich dir. Den Tausender will ich ganz."

„Sag das dem Boß!"

„Mist, Boß. Ich sage dir, Kalle, wir sollten ihm seine blöde Maske vom Gesicht reißen..."

„Weiter, Gurke, weiter", flüsterte Kaminski, weil sein Kumpan mitten im Satz aufhörte.

„Nichts mehr."

„Wenn du das versuchst, Gurke, schwimmst du bald unfreiwillig im Rhein. Und an deinen Füßen hängen einige Steine."

„Das sind ja Mafiamethoden."

„Na und? Wer sagt uns denn, daß es nicht die Mafia ist, die dahintersteckt."

„Also ich weiß nicht. Ich will nur meinen Tausender. Wieviel kassierst du eigentlich?"

„Etwas mehr."

„Wieviel ist das Etwas?"

„Kaum der Rede wert."

„Toll. Dann kannst du ja demnächst deinen braunen Umschlag öffnen. Der sieht immer sehr dick aus."

„Weil er innen gefüttert ist, du Spinner."

„Ha, ha." Gurke lachte kratzig, hielt aber seinen Mund und schaute aus dem Fenster.

Sie hatten das alte Gleis bereits überquert und hielten nun direkt auf die beiden alten Bauten zu. Die Anlagen standen versetzt zueinander, aber nicht genau im rechten Winkel. Zwischen den leeren Hallen stellten die Diebe immer ihren Wagen ab.

Ihr Boß war stets pünktlich. Auch jetzt würde er bestimmt schon warten. Zum Glück hatten sie sich nicht verspätet. Wenn der Chef zu lange auf sie warten mußte, war er sauer, da konnte er gemein werden.

Kalle lenkte den Wagen in die Lücke. Hier war der Boden hart und besonders wellig. Die Stoßdämpfer des Polo hatten Schwerstarbeit zu verrichten. Beide Männer wurden durchgeschüttelt.

Kaminski wendete den Polo noch, bevor er den Motor abstellte und den Gurt löste. Gurke war schon vor ihm ausgestiegen. Schnüffelnd zog er die Nase kraus. „Wir kriegen anderes Wetter", sagte er.

„Wieso?"

„Die Kippe stinkt."

„Das ist mir doch egal."

„Ja, mir eigentlich auch."

„Komm jetzt." Kaminski schlug die Tür zu. Sie befanden sich allein auf dem Gelände, über dem noch immer ein leichter Staubschleier trieb. Er sah aus wie weißgrauer Puderzucker.

Auch die Fabriktore hatte noch niemand ausgeklinkt. Wie immer stand eines so weit offen, daß beide Männer durch den Spalt in die Halle schlüpfen konnten.

Draußen waren ihre Schritte kaum zu hören gewesen. Das änderte sich jetzt. Sie gingen hier über grauen Betonboden, und da die Fabrik bis auf ein paar Balken und Eisenteile leergeräumt war, hallte jeder Schritt von den Wänden wider. Auch die Maschinen waren fort, sie hatte man noch rechtzeitig verkaufen können.

Nur das ehemalige Büro des technischen Leiters existierte noch. Es war von der Halle aus durch eine schmale Eisentür zu erreichen und diente den beiden Dieben als Treffpunkt mit dem Boß.

Je näher sie der Tür kamen, desto langsamer wurde Gurke. Kaminski ging vor, während sein Kumpan immer an die zerbrochene Vase dachte.

„Komm endlich, Gurke!" Kaminski drängte. Er war vor der Tür stehengeblieben.

„Ja, bin schon da."

Kaminski klopfte gegen das Eisen. Zweimal kurz, einmal lang: ihr Zeichen.

„Reinkommen!"

Das Wort war mehr zu erraten; es klang verzerrt, wie wenn man ein Tonband mit der falschen Geschwindigkeit abspielt.

Kaminski drückte auf die Klinke. Hinter ihm gab Gurke komische Geräusche von sich. Sie hörten sich nach einem Glucksen an.

„Reiß dich doch zusammen!" zischte Kalle.

„Schon gut."

Wie zwei Blinde betraten die Männer den stockdunklen Raum. Sie hatten beide das Gefühl, durch dichte Watte zu laufen. Obwohl das ehemalige Büro Fenster besaß, drang kein Lichtschein in das Zimmer. Man hatte die Scheiben von außen mit pechschwarzer Farbe gestrichen. Nur dort, wo Kaminski die Tür geschlossen hatte, schimmerte am unteren Rand ein grauer Streifen durch.

Auch in diesem ehemaligen Büro stank es nach Zementstaub. Die Diebe spürten ihn überall, und sie schmeckten ihn auch auf ihren Lippen.

Beide starrten natürlich nach vorn. Es war wie bei jedem Besuch. Sie sahen nichts, nur eben diese Wand aus Finsternis, in die sie hineingingen.

Der Unbekannte ließ sie stets drei Schritte weit kommen, dann erklang sein Befehl.

So war es auch jetzt. „Stopp!" rief er.

Sie standen still, Gurke rechts neben Kalle. Wenn er den Arm ausstreckte, das wußte er, würde er die Kante des Schreibtisches berühren können, hinter dem der unbekannte Boß hockte.

Sie hörten ihn atmen.

Es waren laute Atemgeräusche, ein scharfes Luftholen, das den beiden überhaupt nicht gefiel und auf ihrem Rücken einen kalten Schauer hinterließ. Sie spürten schon jetzt, daß der Boß sauer auf sie war und ihnen einiges erzählen würde.

Noch immer sprach der Unbekannte nicht. Dafür drückte er einen Knopf, und plötzlich stach aus dem rechten Winkel oben an der Decke ein armbreiter Lichtstreifen hervor und fiel genau auf das Ziel, das er nicht mehr losließ.

Es war das Gesicht des Chefs!

Allerdings nicht sein eigenes, denn der Boß trug eine goldene Maske. Sie war so breit, daß sie selbst die Haare verdeckte, zudem lief sie an beiden Seiten um den Kopf herum und verbarg auch die Ohren.

Das Gold schimmerte wie ein Spiegel. Zwei kleine Schlitze waren in Augenhöhe frei gelassen worden. Durch sie konnte der Boß auf seine beiden Männer schauen.

Die Maske sah unheimlich aus. Wenn der Boß beim Sprechen den Kopf bewegte und sie nicht mehr so intensiv angestrahlt wurde, nahm sie einen anderen Ausdruck an. Dann fiel zumeist ein Schatten auf das Gold und ließ sie wie eine finstere Totenmaske einer längst vergangenen Kultur wirken. Da vergaßen die beiden Männer oft, daß sie eigentlich starr war, und hatten das Gefühl, als sei das edle Metall von dämonischem Leben erfüllt.

Vom Körper ihres Chefs konnten sie kaum etwas erkennen. Schon der Ansatz der Schultern verschwamm in der tiefen Dunkelheit. Ebenso verhielt es sich mit den Armen und Händen.

Das Mikro verschwand ebenfalls in der tintigen Finsternis. Natürlich war auch der Stimmenzerhacker nicht zu sehen.

An diesem Tag machte es die unheimliche Person mit der Goldmaske besonders spannend. Wieder hörten sie dieses scharfe Atmen. Als der Chef endlich sprach, zuckte besonders Gurke heftig zusammen. Wie ein Peitschenschlag traf es ihn.

„Ihr Idioten. Ihr verfluchten Idioten! Was ist mit der Vase geschehen? Los, redet!"

Gurke bekam das Zittern. Er gehörte zu den Typen, die zwar eine große Klappe führten, wenn es aber darauf ankam, zog er den Schwanz ein. Und jetzt war es wieder einmal soweit. Er mochte auch nicht die gruselige Atmosphäre; sie störte ihn gewaltig.

„Macht eure Mäuler auf!"

Der Stimmenzerhacker verzerrte die Worte zu einem wütenden Kreischen. Mal zitterte die Stimme in Falsetthöhen, mal ging sie baßartig in den Keller. Man hätte nicht einmal sagen können, ob da ein Mann oder eine Frau redete.

Kalle Kaminski fing sich als erster. Er hatte die Hände zu Fäusten geballt. Seine Arme hingen wie zwei Stöcke an den Seiten herab. „Es... es war ein Versehen, Chef!"

„Wie toll – ein Versehen!"

„Ja, Boß, Tatsache. Wir kamen in den Laden, es war ja dunkel, wir wollten auch nicht mit der Lampe umherleuchten. Da ist es eben passiert."

„Wer hat die Vase umgestoßen!"

„I . . . ich . . ."

Gurke Fiedler sprach so leise wie ein Kind, das vor seiner Mutter steht und beichten muß, daß es eine Fensterscheibe eingeschossen hat.

„Das hätte ich mir denken können!" klang ihnen das Kreischen entgegen. „Du bist noch blöder, als ich dachte. Weißt du, daß die Vase mehr wert war als ein neuer Mittelklassewagen. Und jetzt sind nur noch Trümmer davon übrig."

„Ich habe es ja nicht extra gemacht."

„Das wäre ja noch schöner, du nachgemachter Mensch. Man sollte euch das Geld abziehen, aber ich will mal nicht so sein und die Sache mit der Vase verrechnen."

„Wie . . . wie dürfen wir denn das verstehen?" fragte Kalle.

„Der nächste Bruch ist umsonst. Klar?"

Kalle Kaminski wollte zunächst widersprechen. Er dachte an die neue Hi-Fi-Anlage, die er sich unbedingt kaufen wollte. Die kostete fast zehntausend, und vom nächsten Honorar hätte er sie gehabt. Aber so mußte er noch warten.

„Gut!" erwiderte er.

Die Stimme gab keine Antwort. Dafür hörten beide ein Rascheln. Sie kannten das Geräusch. Es war das Knistern eines Geldscheins, der über den Tisch geschoben wurde. Dabei beugte sich auch die Goldmaske etwas nach vorn, so daß sie im Spiel von Licht und Schatten wieder den unheimlichen Glanz bekam.

Gurke trat zögernd vor. Sonst hatte er stets nach dem Geld geschnappt wie eine Eule nach der Maus. Jetzt ließ er die Hand vorsichtig über die Schreibtischkante gleiten und war erst froh, als der Tausender zwischen seinen Fingern knisterte.

„Verdient hast du den Schein nicht!" quäkte die Stimme. „Aber ich will nicht so sein."

„Danke, danke!" stotterte Gurke Fiedler und steckte das Geld in die Hosentasche.

„Bei dir ist es auch wie immer", wurde Kalle Kaminski angesprochen. „Beim nächstenmal verlange ich nur saubere Arbeit."

„Wir werden uns bemühen, Boß."

„Das will ich auch meinen."

Kaminski nahm den braunen Umschlag an sich. Er war nicht gefüttert, wie er Gurke erzählt hatte. Aber der brauchte ja nicht alles zu wissen. Kalle ließ den Umschlag in der Innentasche seiner Lederjacke verschwinden. Beide wußten, daß jetzt der zweite Teil des Gesprächs begann, denn der Boß hatte den neuen Auftrag zu vergeben.

„Hört genau zu!" pfiff und quäkte die Stimme aus dem Zerhacker. „Ich gebe euch den neuen Auftrag schriftlich. Ihr werdet den Zettel verbrennen, wenn ihr euch alles eingeprägt habt. Und ihr werdet diesen Job noch heute durchführen. Klar?"

„Ja, Boß!" flüsterte Kaminski.

„Gut. Nach dem Bruch werdet ihr die Sachen wie immer an der gleichen Stelle hinterlegen. Morgen abend braucht ihr nicht hier zu erscheinen. Ich rufe euch wieder an."

„Gut, Boß!"

„Alles verstanden?"

„Ja", erwiderten Gurke und Kalle gemeinsam.

„Dann verschwindet. Macht, daß ihr wegkommt, sonst fange ich noch an, mich über euch zu ärgern. Die Vase zu zerstören..."

„Boß... ich... ich habe noch eine Frage", sagte Kaminski.

„Schnell."

„Woher wußten Sie denn, daß uns das mit der Vase passiert ist? Ich meine, wir haben das nicht in die Zeitung gesetzt..."

Der Unheimliche mit der Goldmaske knallte mit der flachen Hand auf den Tisch. „Das war eine dumme Frage. Merk dir, ich habe meine Spitzel und meine Augen überall. Mir entgeht so leicht nichts. Ich weiß vieles, von dem ihr nicht einmal etwas ahnt. Und jetzt Abmarsch, ihr komischen Versager."

Kalle und Gurke schlichen wie zwei geprügelte Hunde aus dem abgedunkelten Zimmer. Sie atmeten erst wieder auf, als Kaminski die Tür hinter sich zugezogen hatte und sie in der Halle standen.

„Meine Güte, der war aber sauer."

„Kannst du wohl sagen", flüsterte Gurke Fiedler. „Ich bin nur froh, daß er nicht noch mehr Theater gemacht hat."

„Dir ging ganz schön . . ."

„Ja, ich hatte Schiß! Der ist mir unheimlich. Manchmal habe ich das Gefühl, als würde die Maske leben."

„Ich auch."

Sie kannten das Ritual. Zehn Minuten mußten sie in der Halle warten. Erst dann, wenn der Boß sein Büro durch eine Hintertür verlassen hatte, durften auch sie gehen.

An diesem Nachmittag kam ihnen die Zeit besonders lang vor. Da konnten zehn Minuten schon zu einer regelrechten Qual werden. Endlich waren sie vorbei.

Im Laufschritt verließen sie die Halle und atmeten erst auf, als sie im Wagen saßen.

Kaminski faltete den Zettel auseinander und las. Gurke schaute ihm von der Seite her über die Schulter, konnte aber die Schrift nicht genau erkennen. „Wo müssen wir denn hin, Kalle?"

„In den Süden!"

„Was?"

„Nach Bonn, in die Bundeshauptstadt. Da landen wir den nächsten Coup."

„Kennst du die Stadt denn?"

„Klar, sogar Bad Godesberg, wo unser Ziel liegt. Ich habe mich früher dort mal herumgetrieben. Ist 'ne ruhige Gegend." Kaminski holte ein Feuerzeug hervor, knipste es an und hielt den Zettel gegen die Flamme. Das Papier fing sofort Feuer.

Kaminski ließ es aus dem Fenster trudeln. Dann startete er . . .

4. Die Überraschung

Turbo hatte es trotz allem geschafft und Ela Schröder in sein Zimmer gelockt, wo der Computer stand. Er deutete auf den Bildschirm und den angeschlossenen Drucker.

„Na, ist das nichts?"

„Ja, nimmt Platz weg."

„Hör auf, Mensch. Was du immer hast. Das ist Technik, Ela. Damit mußt du dich auch mal befassen."

„Aber bestimmt nicht in der Freizeit. Da male ich lieber. Außerdem rechnen wir im Mathe-Unterricht mit dem Computer. Da ich ziemlich gut in Mathe bin, komme ich auch problemlos damit zurecht. Du siehst, ich habe keine Angst vor dem komischen Ding."

„Das wäre ja noch schöner."

Randy erschien in Turbos Zimmer. Mit einem blauen Handtuch trocknete er die Hände ab und schaute zu, wie Biene schnüffelnd durch den Raum lief.

„Na, Ela, hast du schon darauf gespielt?"

„Nein."

Turbo drehte sich um. „Außerdem habe ich keine Computerspiele. Das ist der Unterschied." Er hatte einen Zeigefinger erhoben und wirkte jetzt wie ein Lehrer.

„Die mag ich auch nicht", erklärte Ela.

„Macht doch, was ihr wollt, ich tanze Tango", meinte Randy und ging ins Bad, wo er das Handtuch wieder aufhängte. Ihm stand nicht der Sinn nach Computern, obwohl er sonst auch gern davorsaß, durch seinen Kopf strömten andere Gedanken.

Es war der Einbruch bei Christine Berger, der ihn stark beschäftigte. Die Frau war ihm zwar nicht übermäßig sympathisch, doch irgendwie mußte man ihr helfen. Außerdem hatte das Schloß-Trio schon ganz andere Dinge gemanagt. Mit ein bißchen Geschick konnten sich die drei dahinterklemmen. Leider war der Nachmittag schon verplant, weil Tante Elfriede und Onkel Will kommen wollten. Randys Vater und Alfred würden sicherlich auch noch erscheinen.

„Kommt ihr?" hörte Randy die Stimme seiner Mutter. „Ich habe den Tisch bereits gedeckt."

„Sind die anderen auch da?"

„Nein, aber Vater hat angerufen. Er kommt später oder erst morgen. Es gibt da noch einige Probleme, wie er sagt."

„Welche denn?" schnappte Randy sofort.

„Wissenschaftlicher Art."

„Ach so." Randy räusperte sich. „Wir kommen dann runter, Mutti." Er stellte sich in Turbos Zimmer und klatschte zweimal in die Hände. „Schluß mit der Erklärerei. Jetzt gibt es was in den Magen."

„Ist der Besuch schon da?" fragte Ela.

„Nein."

„Ich werde deiner Mutter helfen, den Tisch zu decken."

„Ist schon alles erledigt, gnädige Frau."

Ela verbeugte sich. „Wie schön, der Herr."

Frau Ritter hatte sich viel Mühe gegeben. Auf dem runden, weiß gedeckten Tisch stand in der Mitte ein Strauß frischer Blumen. Ein Schokoladenkuchen lag geschnitten auf der Platte, Turbo aß ihn besonders gern, und natürlich gab es noch zwei Obsttorten. Randy, der am Fenster stand, meldete den Besuch an.

„Sie kommen."

Marion Ritter stellte sich neben ihren Sohn. „Ach, die haben ja noch immer den alten Manta."

„Wie lange schon?"

„Fast zehn Jahre."

„Oje."

„Der gute Will kann sich eben nicht entscheiden, was für einen neuen Wagen er sich zulegen soll. Außerdem haben sie noch den kleinen Transporter fürs Geschäft."

Der Manta rollte vor dem Schloß aus. Von der Grundfarbe her war er silbern, sein Dach allerdings glänzte schwarz.

Das Ehepaar Fazius war älter als Randys Eltern, über fünfzig, doch beide gehörten zu den Menschen, die der Meinung waren, daß man immer nur so alt war, wie man sich fühlte. Sie waren im Herzen jung geblieben. Als Elfriede und Will Fazius ausstiegen, standen Randy und seine Mutter bereits in der offenen Tür.

Elfriede winkte und rief „Juhu!" Sie holte noch die Wildlederjacke aus dem Wagen und hängte sie über ihren rostfarbenen Pullover. Ihre dunklen Haare wuchsen in einer wirren Naturkrause, über der schon mancher Friseur verzweifelt war.

Optiker jedoch sahen Elfriede Fazius gern ins Geschäft kommen, denn sie hatte einen Brillentick. Mindestens zweimal im Jahr kaufte sie ein neues Gestell. Die Brille, die sie jetzt trug, paßte in der Farbe zu ihrem rotbraunen Pullover.

Will Fazius, der Mann mit der Römernase und dem asketischen Gesicht, setzte bei kühlerem Wetter stets eine Mütze auf, denn als Haare wuchs ihm nur noch ein schmaler, dunkler Kranz. Er war ein stattlicher Mann und lächelte oft verschmitzt.

Vor Mutter und Sohn blieb Elfriede Fazius stehen. Sie hob die Arme und klatschte zweimal in die Hände. „Nee", rief sie in ihrem etwas breiten rheinischen Dialekt. „Das gibt es doch gar nicht! Junge, was bist du gewachsen!" Sie kam noch näher und umarmte Randy. „Nein, nein, im letzten halben Jahr bist du ja geschossen, das ist fast nicht mehr zu glauben."

„Sie übertreibt wie immer", sagte Will leise lachend und reichte Frau Ritter die Hand. „Tag, Marion."

„Hallo, Will. Ich freue mich, euch endlich mal wiederzusehen."

„Ist lange her, stimmt." Will hob die Schultern. „Du weißt schon, wie das ist. Das Geschäft und so. Aber du bist ja jetzt auch in unserer Branche tätig, wie ich hörte."

„Kaum der Rede wert, Will, nur ein wenig."

„Na ja, ich wollte, ich hätte dich als Mitarbeiterin."

Als sie in der Halle waren, tauchten auch Ela und Turbo auf.

Das Ehepaar Fazius kannte Ela Schröder. Elfriede wunderte sich von neuem, diesmal, wie sehr Michaela seit dem letzten Zusammentreffen gewachsen war, dann wandte sie sich an das neue Familienmitglied.

„Du bist also Turbo?"

„Ja, Frau Fazius."

„Ach, laß das Frau Fazius weg. Sag Elfriede zu mir. Und neben mir, das ist der Will."

„Danke."

Sie reichten sich die Hände. „Ich habe schon einiges von dir gehört, und auch von deinem Erbe, dem Schwert. Marion erzählte es mir am Telefon. Will interessiert sich auch dafür. Können wir es nachher mal sehen, Turbo?"

„Gern."

„Das ist fein."

Marion Ritter klatschte in die Hände. „Kommt, Freunde, sonst wird der Kaffee kalt."

Elfriede nickte. „Ich habe auch großen Kaffeedurst. Die Fahrt zieht sich doch immer etwas hin."

„Hat es einen Stau gegeben?"

„Nein, das nicht, aber unser Auto ist alt. Da müssen wir eben vorsichtig fahren, nicht wahr?" Sie schaute dabei ihren Mann an, der heftig abwinkte.

„Hör auf, Elfriede. Du bekommst deinen neuen Wagen noch." Will lachte. „Wenn ich mich nur entscheiden könnte. Ich bin manchmal ein richtiger Tuppes."

„Was ist das denn?" fragte Turbo.

„Tja", sagte Randy, der sich angesprochen fühlte. „Was ist ein Tuppes? Eine liebevolle Umschreibung für einen etwas neben sich selbst hergehenden Menschen. Nicht, Onkel Will?"

Der gab keine Antwort. Ihm waren die Fotos der gestohlenen Gegenstände aufgefallen, die noch immer auf dem Tisch in der Halle lagen. „Was hat das denn zu bedeuten, Marion?" fragte er interessiert.

„Diese Stücke sind bei meiner Freundin Christine gestohlen worden."

„Einbruch?"

„Ja."

Will Fazius holte seine Brille hervor und setzte sie auf. Der Reihe nach nahm er die Fotos in die Hand und betrachtete sie genauer. Plötzlich merkten die anderen, daß er etwas entdeckt haben mußte.

„Was ist los?" fragte Elfriede. Auch Marion Ritter trat näher an den Freund heran, die drei Kinder ebenfalls.

Will schüttelte den Kopf. Er hatte ein Bild in der Hand behalten. Es zeigte die Madonna ohne Arme. „Das ... das gibt es doch nicht", flüsterte er. „Das ist ein Ding!"

„Was gibt es nicht, Will?" fragte seine Frau in das gespannte Schweigen hinein.

„Ich kenne diese Madonna."

„Na und?"

Will Fazius lächelte leise. „Sie ist mir heute morgen zum Kauf angeboten worden..."

In den folgenden Sekunden sprach keiner ein Wort. Es war so still geworden, daß man hätte die berühmte Stecknadel fallen hören können.

Mit dem Foto in der Hand drehte sich Will Fazius um und schaute Marion Ritter an, die unwillkürlich einen Schritt zurück trat. „Es stimmt, Marion, die Madonna wurde mir angeboten."

„Von wem?" fragte Randy dazwischen.

„Es war eine Kundin, eine Frau mit lackschwarzen Haaren, die unter einer weißen Wollmütze hervorschauten." Will Fazius fuhr sich nachdenklich mit der Hand über die Stirn. „Sie trug einen hellen Mantel, wenn mich nicht alles täuscht, und schwarze Stiefel." Er schaute seine Frau bei diesen Worten an, doch Elfriede schüttelte den Kopf.

„Ich habe die Kundin nicht gesehen."

„Stimmt, da warst du gerade mal weg."

„Und wie seid ihr verblieben?" fragte Marion Ritter.

„Ich bin natürlich mißtrauisch geworden. Meine Güte, mir reicht ein Blick, um feststellen zu können, was mir angeboten wird. Diese Madonna stammt aus romanischer Zeit und ist einiges wert. Daß so ein Stück nicht auf legalem Weg erworben wird, damit muß man immer rechnen."

„Wie bist du denn mit ihr verblieben?" Elfriede ließ nicht locker.

„Sie will noch mal anrufen."

„Das wäre ja prächtig!" sagte Marion Ritter. „Wann denn?"

„Tut mir leid, aber wir haben keinen Termin ausgemacht. Irgendwann in den nächsten Tagen."

„Ob eine Frau die Dinge gestohlen hat?" fragte Ela.

„Zumindest wollte sie mir die Madonna verkaufen." Will Fazius schüttelte den Kopf. „Ausgerechnet aus dem Laden, in dem du arbeitest, Marion. Das ist wirklich ein Ding."

„Stimmt." Frau Ritter blickte auf das Telefon. „Ich werde mal Christine Berger anrufen. Es wird sie freuen, daß die Gegenstände noch existieren, zumindest einer. Falls die Frau abermals erscheint, könnte sie ja dabeisein."

„Dann laß Will aber mit ihr einen Termin ausmachen", rief Elfriede laut.

„Das versteht sich." Fazius schüttelte den Kopf. Sie alle schauten Marion Ritter zu, die Christines Nummer tippte, durchläuten ließ, mehrmals die Schultern hob und den Hörer wieder auflegte. „Schade, sie ist nicht zu Hause. Aber sie wollte ja sowieso mit den Versicherungsleuten reden. Egal, Freunde, kommt jetzt, sonst wird der Kaffee wirklich kalt."

Sie betraten den gemütlichen Wohnraum, wo Marion Ritter den Tisch gedeckt hatte.

Randy saß neben Will Fazius. „Ist bei euch auch schon mal eingebrochen worden?"

„Zum Glück nicht."

„Will, möchtest du Obstkuchen?"

„Nein danke, Marion. Lieber etwas von dem Schokoladenkuchen. Der sieht so lecker aus."

„Er schmeckt auch gut", meldete sich Turbo mampfend.

Randy hatte sich sehr über den Besuch der Freunde gefreut. Eine rechte Stimmung allerdings, wie es sonst oft der Fall gewesen war, wollte nicht aufkommen.

Irgendwie lastete über ihnen der Schatten des Einbruchs, und er sollte noch größer werden...

5. Gefahr am späten Nachmittag

Vom Fenster ihres Wohnzimmers aus konnte Grete Schwarz, wenn sie sich auf Zehenspitzen stellte und sich reckte, auf den alten Vater Rhein schauen. Hier, in Bad Godesberg, floß er durch eine Landschaft, die weltbekannt geworden war, allein schon durch das in unmittelbarer Nähe liegende Siebengebirge und den Drachenfels, der im Volksmund auch Hollands höchster Berg genannt wurde, weil er eben von vielen Besuchern aus den Niederlanden angesteuert wurde.

Grete Schwarz war Witwe. Ihre Rente hielt sich in Grenzen. Da sie sich rüstig genug fühlte, hatte sie sich entschlossen, eine kleine Arbeit als Zugehfrau anzunehmen. Und sie war sehr stolz darauf, bei der Familie Fazius arbeiten zu können, denn in einem Geschäft zu arbeiten, in dem so kostbare Gegenstände standen, das traute man nicht jedem zu.

Die vierundfünfzigjährige Frau mit den hellgrauen Haaren besaß dieses Vertrauen. Sie durfte das Haus auch betreten, wenn das Ehepaar nicht daheim war wie an diesem Samstagnachmittag. Man hatte sie gebeten, im Geschäft nach dem Rechten zu sehen und noch einmal kurz durchzusaugen.

Die Alarmanlage war ebenfalls kein Problem. Grete Schwarz durfte sie selbständig an- und ausstellen.

Über die Berge des Siebengebirges hinweg blies ein kühler Wind. Deshalb band sie sich auch einen Schal um, der ihren Hals und die untere Gesichtshälfte schützte.

Von ihrer Wohnung bis zum Geschäft war es nicht weit. Knapp einen Kilometer, und den brauchte sie nicht auf der normalen Strecke zurückzulegen, sie nahm einen der ausgebauten, alten Treidelpfade, die das Ufer des Rheins begrenzten.

Auf dem Weg zu ihrem Ziel begegneten ihr einige Bekannte, die grüßten und auch stehenblieben, um ein Schwätzchen zu halten.

Trotzdem war Grete Schwarz froh, endlich das Haus der Fazius' zu erreichen. Der Wind hatte aufgefrischt und wehte unangenehm böig über das Wasser.

Das Haus des Antiquitätenhändlers lag an einem Hang. Es konnte von der Uferstraße erreicht werden und natürlich auch von der Vorderseite, wo eine weitere Straße herführte.

Grete Schwarz sperrte das Gartentor auf und ging die Treppe hoch, die den jetzt herbstlich kahlen Garten in zwei Hälften teilte. Die Aufwartefrau warf einen prüfenden Blick auf die breite Fensterfront des Wohnraums, der zum Rhein hin lag. Das Geschäft befand sich auch im Haus, allerdings im kleinen Anbau, der vom Flur her betreten werden konnte.

Die Frau ahnte nicht, daß sie bereits unter Beobachtung stand. In Deckung einer Hecke, die vor einer Mauer wuchs, standen Kalle Kaminski und Gurke Fiedler.

Ihre Augen glänzten, als sie die Aufwartefrau durch den Garten laufen sahen.

„Positiv oder negativ?" fragte Kaminski.

„Immer positiv. Was sollen wir eigentlich holen?"

Kalle hob die Schultern. „Einfach in die vollen greifen. Möglichst gute Kleinigkeiten."

„Na denn."

Grete Schwarz war inzwischen verschwunden. Sie hatte das Haus durch den Hintereingang betreten, brauchte erst gar nicht in die Wohnung, sondern holte den Staubsauger aus dem Vorratsraum. Frau Fazius hatte darum gebeten, daß sie einmal kurz durchsaugte, und das auch nur im Büro und in der kleinen Werkstatt, wo Herr Fazius hin und wieder restaurierte.

Er besaß genügend handwerkliches und auch künstlerisches Geschick, um alte Möbel wieder auf Vordermann zu bringen. An die Alarmanlage waren auch das Büro und die Werkstatt angeschlossen, deshalb mußte sie ausgeschaltet werden.

Bei den modernen Anlagen war das ganz einfach. Grete Schwarz drückte auf zwei Knöpfe, und schon war die Sache erledigt. Jetzt konnte sie die Tür öffnen.

Zuerst betrat sie das Büro. Herr Fazius war ein sehr ordentlicher Mensch, und dementsprechend aufgeräumt sah der Schreibtisch aus dunkelbraunem Holz auch aus.

Frau Schwarz schaltete den Staubsauger ein. Das Büro hatte

sie schnell sauber, außerdem mußte man hier den Staub schon suchen. Anders verhielt es sich in der kleinen Werkstatt.

Dieser Raum lag hinter einer schmalen Tür, und es roch dort immer stark nach frischem Holz, Farbe und chemischen Bleichmitteln. Zahlreiche auseinandergenommene Möbelteile standen gekippt an den Wänden. Herr Fazius hatte einen alten Schrank halbiert und auch die Rückwand abmontiert. Um das Möbelstück herum lag Holzstaub, der weggesaugt werden mußte.

Das Brummen des Staubsaugers war Grete Schwarz gewohnt. Geschäftig zog sie ihn hin und her.

Vertieft in ihre Arbeit, achtete sie auf nichts als das gleichmäßige Summen des Saugers. So hörte sie auch nicht die Schritte der beiden Männer, die das Haus auf so bequeme Art und Weise betreten hatten.

Keine Alarmanlage mehr, die angeschlossen war. Sie hatten freien Zugang und grinsten daher breit.

Im Haus blieben sie stehen. Aus den hinteren Räumen drang das Summen des Saugers.

„Hör zu", sagte Kaminski leise. „Ich gehe in den Laden und räume etwas auf."

„Aus, meinst du doch."

„Auch das." Er ließ den Jutesack von der Schulter gleiten, worin sich die Tücher befanden, in die er die gestohlenen Gegenstände einwickeln wollte.

Gurke streckte den Daumen hoch. „Alles klar, Partner."

„Und nimm du dir die Tante vor."

„Tanten sind meine Spezialität." Er rieb seine Handflächen aneinander, so sehr freute er sich.

Gurke wartete noch, bis Kaminski im Geschäft verschwunden war, dann machte er sich auf den Weg. Obwohl er nicht leise auftreten mußte, bewegte er sich doch sehr vorsichtig. Es konnte sein, daß die Frau plötzlich aufhörte zu saugen.

Im Büro hielt sie sich nicht auf, dafür einen Raum weiter. Durch die offenstehende Tür drang das Summen des Saugers, und Gurke schlich auf den Durchgang zu.

An der Tür blieb er stehen.

Grete Schwarz sah ihn nicht. Sie drehte ihm den Rücken zu und saugte auch die letzten Krümel weg. Dann schaltete sie das Gerät aus. Diesen Augenblick nutzte der Einbrecher.

Er brauchte nur zwei Schritte, um Frau Schwarz zu erreichen. Lautlos war er näher gekommen, blieb hinter der Aufwartefrau stehen und tippte ihr auf die rechte Schulter.

Grete Schwarz hatte das Gefühl, von einem Stromstoß getroffen worden zu sein. Es war nur eine leichte Berührung, ihre Reaktion jedoch war um so heftiger.

Sie fuhr in die Höhe, öffnete den Mund zu einem Schrei, und das wollte Gurke Fiedler vermeiden. Blitzschnell preßte er ihr die rechte Hand auf den Mund und brachte seine Lippen dicht an ihr Ohr. „Ganz ruhig, Tante!" flüsterte er. „Sei ganz ruhig, sonst gibt es gleich eine arme Tante. Verstanden?"

Sie gab erstickte Laute von sich, nickte dabei aber heftig. Den Mann hinter ihr hatte sie noch nicht zu Gesicht bekommen. Zudem stand kein Spiegel in der kleinen Werkstatt.

„Tante, du bist dumm", flüsterte Gurke. „Andere Leute haben am Samstag frei, aber du mußt unbedingt arbeiten. Das ist doch blöd, nicht wahr?"

Grete Schwarz konnte schlecht Antwort geben, und auf die Dauer war es auch für Gurke nicht bequem, der Frau den Mund zuhalten zu müssen. „Wenn du versprichst, hübsch artig zu sein und dich nicht nach mir umzudrehen, werde ich dich loslassen – okay?"

Sie nickte.

Gurke drängte sie auf einen Stuhl zu und rückte sich mit dem Fuß das Möbelstück so zurecht, daß er die Frau darauf zu sitzen bekam. Dann löste er seinen Griff.

Grete Schwarz rang nach Luft. Ihr Gesicht war hochrot angelaufen. Im Hals spürte sie ein Kratzen. Beide Handballen preßte sie gegen die Augen, um die Tränen zurückzuhalten.

Fiedler lachte. Er stand hinter ihr und machte ihr klar, daß er noch immer nicht begriff, wie jemand am Samstag arbeiten konnte. „Kriegst du das extra bezahlt, Tante?"

„Ja."

„Wenig Rente, wie?"

„So ist es!" Grete Schwarz konnte nur flüstern. Irgendwie war ihre Kehle wie zugeschnürt. „Was... was wollen Sie eigentlich?" sprach sie vor sich ins Leere hinein.

„Einen Bruch machen, Tante?"

„Was bitte?"

Gurke mußte lachen. „Den Plunder aus dem Laden holen. Verstehst du jetzt, Tante."

„Ja, einbrechen."

„Sehr gut. Der Plunder ist wertvoll. Dafür kriegen wir echten Schotter."

„Wie?"

„Mann, kennst du die Sprache nicht?" Gurke verdrehte die Augen. „Schotter ist Geld."

„Ach so, ja." Grete Schwarz nickte. „Haben Sie es schon einmal mit Arbeit versucht?"

„Hi, hi." Gurke mußte hoch und schrill lachen. „Arbeit, sagst du, Tante. Das ist richtig. Du glaubst gar nicht, was wir für Arbeit haben. Das glaubst du gar nicht."

„Ich meine eine richtige Arbeit, keine Diebereien."

„Ach, hör auf, das ist nichts für uns. Wir kommen so besser durch, Tante."

„Sagen Sie nicht immer Tante, junger Mann." Erstaunlicherweise hatte Grete Schwarz ihren ersten Schrecken bereits überwunden.

„Der Name gefällt mir!"

„Mir aber nicht!"

„Stell dich nicht so an, Tante."

„Außerdem möchte ich von Ihnen nicht geduzt werden. Wir sind weder verwandt noch verschwägert, Gott sei Dank!" Sie verstummte, weil sie aus dem Verkaufsraum polternde Geräusche vernommen hatte. „Was ist da los?"

„Mein Freund räumt auf."

„Er nimmt mit."

„Kannst du auch sagen, Tante." Gurke mußte lachen. „Die

Besitzer sind versichert, und dich soll es nicht weiter kümmern. Du gehörst doch zu den Kleinen."

„Recht und Gesetz gilt für alle Menschen, ob sie nun viel oder wenig Geld haben."

„Dumme Phrasen."

Schritte klangen auf. Kalle Kaminski kam nicht bis in die Werkstatt. Er blieb im Büro. „Wie steht es? Macht sie Ärger?"

„Nein, Kalle."

„Du Idiot! Keine Namen!" schrie Kaminski.

„Ja, natürlich."

Grete Schwarz hatte sich den Namen natürlich eingeprägt. Sie wurde sogar noch mutiger und begann, sich ganz langsam auf ihrem Stuhl umzudrehen. Zwar nicht so, daß sie das Gesicht des Einbrechers schon erkennen konnte, aber sie hatte die Haltung unmerklich verändert.

Dies war Gurke nicht aufgefallen. Er wandte ihr den Rücken zu, als er zur Tür schaute und eine Frage in den Flur hineinrief: „Bist du denn fertig?"

„Noch nicht ganz."

„Was hast du genommen?"

„Wirst du nachher schon sehen. Warte noch fünf Minuten."

„Okay, aber beeil dich."

Die Schritte entfernten sich wieder. Darauf hatte Grete Schwarz gewartet. Sie saß leicht schräg, jetzt drehte sie auch den Kopf und konnte den Einbrecher erkennen.

Sie sah sein Gesicht nur für einen kurzen Augenblick, der allerdings ausreichte. Grete Schwarz besaß ein hervorragendes Gedächtnis. Die Züge des Mannes hatte sie sich auch in dieser winzigen Zeitspanne einprägen können.

Gurke wollte sie anfahren, da hatte sich die Frau schon wieder umgedreht.

„Mach das nicht noch einmal, Tante."

„Was denn?"

„Du weißt schon."

„Ja, ist gut. Ich mußte mich etwas bewegen. Vom langen Stillsitzen bin ich steif geworden."

„Wenn du dich noch einmal dumm bewegst, muß ich dir einen Schlag über den Schädel geben."

„Nein, nein, keine Sorge, ich mache schon nichts." Sie legte ihre Handflächen auf die Oberschenkel. In den letzten Sekunden hatte sie Furcht bekommen, auch ihr Herz klopfte schneller. Schließlich war dieser Kerl kein harmloser Mensch, sondern ein Gesetzesbrecher.

Bisher hatte Gurke still hinter ihr gestanden. Das änderte sich nun. Er ging im Rücken der Frau auf und ab, war nervös geworden, lief auch mal zur Tür, aber verließ die Werkstatt nie.

Da sich Kalle Kaminski wenig darum bemühte, leise zu sein, hörten sie ihn deutlich herumfuhrwerken. Manchmal fluchte er auch, dann pfiff er zweimal.

Für Gurke Fiedler war es das Zeichen. Noch einmal sprach er Grete Schwarz an: „Hör zu, Tante, wir werden jetzt verschwinden, und du wirst hier noch zehn Minuten sitzen bleiben. Klar?"

„Ich habe verstanden."

„Wunderbar, Tante. Dann wünsche ich dir einen schönen Nachmittag. Und zum Abschluß noch ein Ratschlag. Hör damit auf, am Samstag zu arbeiten. Das lohnt sich nicht. Das ist nicht gut. Du machst dich sonst nur kaputt. Bei uns ist das etwas anderes, wir . . ."

„Komm endlich!"

„Ja, schon gut. Tschüs, Tante." Gurke zog sich zurück. An der Tür lachte er noch einmal, dann war er verschwunden.

Natürlich hatte Grete Schwarz keineswegs vor, die zehn Minuten abzuwarten. Sie glaubte nicht daran, daß die Einbrecher ihre Drohung in die Tat umsetzen würden.

Frau Schwarz lauschte auf die sich entfernenden Schritte der beiden Männer, und sie verhielt sich noch still, bis eine Tür zuschlug. Dann stand sie auf und ging in das Büro.

Plötzlich fing sie an zu zittern. Erst jetzt wurde ihr bewußt, was sie eigentlich erlebt hatte. Das Blut wich aus ihrem Gesicht, sie wurde blaß, und das Zimmer drehte sich vor ihren Augen. Grete Schwarz mußte sich einfach setzen.

Sie ließ sich hinter dem aufgeräumten Schreibtisch nieder, schaute auf das Telefon und hob den Hörer ab.

Tot – die Leitung war tot.

„Ich hätte es mir denken können", flüsterte sie. „Ich hätte es mir denken können." Die Einbrecher hatten den Hauptanschluß aus der Verteilerdose gerissen.

Sie würde von einem Nachbarn anrufen, denn sie wußte glücklicherweise, wo die Inhaber hingefahren waren. Sie hatten ihr die Adresse nebst Telefonnummer hinterlassen.

Auf eine Minute kam es sicher nicht mehr an. Grete Schwarz blieb so lange sitzen, bis es ihr wieder besserging. Dann verließ sie das Haus, stand im Garten, schaute sich um, von den Einbrechern allerdings sah sie nicht einmal eine Hacke.

Zwei Dinge hatte sie sich eingeprägt: Sie kannte den Namen Kalle, und sie konnte der Polizei auch eine Beschreibung des anderen Mannes geben.

Vielleicht würde das die Beamten weiterbringen...

6. Die Jagd beginnt

Will Fazius starrte auf seinen Teller und schüttelte den Kopf. „Nein, Freunde, ich kann nicht mehr. Drei Stück Kuchen sind einfach zuviel für mich. Ich muß passen."

„Nicht mal ein kleines, Onkel Will?"

„Nein, Randy."

„Und du, Tante Elfriede?"

Die Angesprochene hob beide Arme. „Um Himmels willen, Kinder, ihr wollt mich wohl mästen. Nein, nein, ich bin zu dick. Ich muß einfach aufhören." Sie kramte in der beutelartigen

Tasche und holte eine Schachtel Zigaretten hervor. „Die brauche ich jetzt."

„Rauchst du immer noch?" fragte Marion Ritter.

„Leider", erwiderte Will. „Wie oft habe ich ihr gesagt, laß das Zeug aus der Lunge. Sie kann nicht hören, sie ist einfach unvernünftig. Ich ärgere mich darüber."

Elfriede Fazius winkte ab. „Hör auf, du Meckerer. Sei nicht immer so pingelig."

Will hob die Schultern. Er schaute die am Tisch sitzenden Personen der Reihe nach an. „Da habt ihr es wieder. Diese Frau ist einfach furchtbar."

Elfriede Fazius störte sich nicht daran. Sie hockte auf dem Stuhl, hatte die Beine ausgestreckt und paffte fröhlich vor sich hin. „Also, mir geht es gut, und ein Täßchen Kaffee, Marion, könntest du mir noch einschenken."

„Ich mache das", sagte Ela.

„Danke, Kind."

„Kind ist gut", grinste Randy.

„Wieso? Ist sie das nicht mehr?" Elfriedes Augen weiteten sich hinter den Brillengläsern. „Ich kenne sie noch, da war sie ganz klein und hat bei mir auf dem Schoß gesessen."

Ela war das Thema peinlich. Sie bekam einen roten Kopf, doch Elfriede Fazius wollte weiter von früher erzählen, nur kam es dazu nicht mehr, denn das Klingeln des Telefons stoppte ihren Redefluß.

„Das wird Peter sein", sagte Marion Ritter und hob ab. Sie hatte sich kaum gemeldet, als sich die Enttäuschung auf ihrem Gesicht ausbreitete. „Guten Tag", sagte sie. „Ja, Sie sind mit Ritter verbunden. Wie lautet noch Ihr Name?" Frau Ritter hörte zu und sagte dann. „Die sind hier. Warten Sie einen Moment." Sie drehte sich halb zur Seite. „Das ist für euch, Will."

„Wer ist es denn?"

„Eine Frau Schwarz."

„Ach je, die Zugehfrau!" rief Elfriede. „Da ist doch wohl nichts passiert?"

„Keine Ahnung. Ihre Stimme jedenfalls klingt schon ein wenig seltsam. So leise." Marion Ritter übergab Will Fazius den Hörer, der sich meldete und nur zuhörte.

Von Sekunde zu Sekunde veränderte er sich mehr. Das Gesicht bekam eine wächserne Farbe. Der Blick seiner Augen nahm eine ungewöhnliche Starrheit an.

„Was ist denn?" fragte seine Frau.

Will deckte blitzschnell die Sprechmuschel ab, als er Elfriede ein Wort zuflüsterte. „Einbruch!"

„Bei uns?"

Will nickte.

Alle am Tisch Sitzenden hatten den Kommentar mitbekommen. Natürlich auch das Schloß-Trio. Ela, Randy und Turbo schauten sich an, und Randy nickte.

„Was ist denn?" wisperte Ela.

„So etwas Ähnliches habe ich mir gedacht. Das sind bestimmt dieselben, die auch bei Christine Berger eingebrochen haben. Wir werden..."

„Randy!" rief Will Fazius. „Bitte, ich brauche ein Blatt Papier." Den Schreiber hatte er selbst.

Randy flitzte los und holte das Gewünschte.

„Bitte, Frau Schwarz, wiederholen Sie alles noch einmal. Aber langsam, denn ich will mitschreiben."

Konzentriert hörte Will Fazius zu, stellte hin und wieder Zwischenfragen, auf die er auch Antworten bekam. „Ja, das ist gut, Frau Schwarz. Ich danke Ihnen. Sie haben hervorragend beobachtet. Und mit der Polizei, das lassen Sie mal so lange, bis ich zurückkomme. Ich möchte erst genau nachsehen, was alles gestohlen wurde. Dann kann ich den Beamten direkt eine Liste überreichen. Wir werden so schnell wie möglich kommen. Und ist Ihnen wirklich nichts passiert?" Er lauschte auf die Erwiderung und nickte. „Ja, danke, ich bin froh darüber. Gut, bis später."

Will Fazius reichte Marion Ritter den Hörer, bevor er tief durchatmete. „Meine Güte", flüsterte er, „das ist kaum zu fassen. Sie haben mir tatsächlich einiges aus dem Laden geräumt."

Elfriede, die sonst mit einem Kommentar schnell dabei war, zündete sich vor lauter Nervosität schon wieder eine Zigarette an. Auch sie konnte es kaum begreifen.

„Ist das Zufall?" fragte Randy leise.

„Wie meinst du das?"

Randy schaute Will Fazius an. „Erst bei Frau Berger, dann bei dir, Onkel Will. Und Christine Berger hat uns gesagt, daß in der letzten Zeit auch in anderen Läden eingebrochen wurde. Mir sieht das nach einer Bande aus, die genau Bescheid weiß, wo und wann etwas zu holen ist. Die Leute müssen gut informiert sein."

„Das scheint mir auch so."

Marion Ritter unterbrach sie. „Jetzt mache ich mir Vorwürfe, daß ich euch eingeladen habe. Wärt ihr heute nicht gekommen..."

„Dann hätten sie es vielleicht in der Nacht versucht", sagte Elfriede. „Nein, nein, meine Liebe, dich trifft keine Schuld. Du brauchst dir am wenigsten Vorwürfe zu machen. Wer ein Geschäft hat wie wir, der muß damit rechnen, daß er mal ungebetenen Besuch bekommt. Das ist einfach das Berufsrisiko."

„Wenn du das so siehst..."

„Man muß es einfach."

„Was hast du denn da geschrieben, Onkel Will?" erkundigte sich Randy.

„Frau Schwarz ist eine gute Beobachterin. Sie hat mir eine Beschreibung des einen Täters durchtelefoniert, und sie weiß auch den Namen des zweiten. Er wird Kalle gerufen."

„Kann ich den Zettel mal sehen?"

„Gern."

Randy nahm ihn an sich. Er teilte das Blatt in zwei Hälften und schrieb auf die zweite die Beschreibung des Einbrechers ab.

„Kannst du denn damit etwas anfangen?" fragte Will Fazius.

„Mal sehen."

„Du willst doch nicht wieder Detektiv spielen, Randy?"

„Ach Mutter, so einfach geht das ja nicht. Es kann mal sein, daß mir der Kerl über den Weg läuft. So rein zufällig, weißt du…"

„Eure Zufälle kenne ich. Daran glaubt kein Mensch."

Randy schmunzelte, während Turbo ihm zuflüsterte: „Damit kann man schon etwas anfangen."

„Meine ich auch."

Das Ehepaar Fazius erhob sich. „Tja", sagte Will, „es tut mir schrecklich leid, daß wir euch verlassen müssen, aber es ist…"

„Will, ich bitte dich", unterbrach Marion Ritter ihn. „Das ist doch selbstverständlich."

„Wir werden euch auf jeden Fall auf dem laufenden halten, was die Ermittlungen angeht."

„Das wäre nett."

„Was ist denn gestohlen worden?" fragte Elfriede.

„Ich weiß es nicht, auch Frau Schwarz konnte das nicht sagen. Sie nimmt an, daß keine sehr großen Teile abhanden gekommen sind. Eher die kleineren, die besser zu transportieren sind."

„Und da sind auch einige wertvolle Stücke dabei."

Will Fazius war mit seinen Gedanken ganz woanders. Er starrte zu Boden und meinte: „Komisch, daß es ausgerechnet heute nachmittag geschehen ist. Die Kerle müssen gewußt haben, daß wir nicht zu Hause waren."

„Man hat euch beobachtet", sagte Ela.

„Stimmt, Mädchen."

„Es kann auch sein", bemerkte Randy, „daß die Einbrecher einen Tip bekommen haben."

Will Fazius starrte den Jungen an. „Von wem?"

„Das weiß ich auch nicht."

Elfriede Fazius hatte mitgehört. „Ich kann mir nicht vorstellen, daß einer aus unserem Bekannten- oder Freundeskreis solchen Leuten einen Tip gibt."

„Das muß auch nicht aus diesem Kreis gewesen sein, Tante Elfriede. Vielleicht irgendein Kunde, eben ein fauler."

„Meinst du?"

„Ja."

Sie winkte ab. „Das wird alles die Polizei herausbekommen. Wir können nur Frau Schwarz dankbar sein, daß sie nicht die Nerven verloren und so gut beobachtet hat."

Will Fazius schaute auf seine Uhr. „Elfriede, wir müssen fahren. Frau Schwarz wartet."

„Natürlich."

„Wir bringen euch noch zum Wagen", sagte Frau Ritter.

Sie gingen alle mit. Elfriede Fazius war blaß geworden. Der Einbruch hatte sie tiefer getroffen, als sie zugeben wollte. Beim Händereichen zitterten ihre Finger.

„Ihr haltet uns auf dem laufenden?" fragte Marion Ritter.

„Immer."

„Und wenn die Frau sich wieder meldet, Onkel Will, die dir die gestohlenen Antiquitäten verkaufen will, kannst du uns Bescheid geben."

„Ich rufe an, Randy."

„Jetzt müßte man Ferien haben", sagte Turbo.

„Wieso?"

Turbo schaute Ela an. „Dann könnten wir mitfahren, und vielleicht hätten wir Glück..."

„Das würde dir so passen!" Frau Ritter lachte. „Diesmal seid ihr außen vor!"

Sie sah nicht, daß Randy sich abwandte und dabei lächelte. Er hatte bereits andere Pläne. Seine linke Hand steckte in der Hosentasche. Dort umklammerte er das Blatt Papier mit den wichtigen Notizen, die er sich gemacht hatte. Er wollte zusammen mit seinen Freunden dafür sorgen, daß sich einige Leute wunderten.

Sie winkten dem davonfahrenden Manta so lange nach, bis der Wagen nicht mehr zu sehen war.

Randy wartete ab, bis wieder alle im geräumigen Wohnraum verschwunden waren und schlich dann in das leere Arbeitszimmer seines Vaters, wo die Wände nicht nur mit bis zur Decke reichenden Bücherregalen bedeckt waren, sondern auch ein Schreibtisch stand mit einem Telefon darauf.

Randy Ritter wußte genau, wen er anrufen wolle. Nicht um-

sonst war die Familie mit einem Düsseldorfer Kommissar befreundet, einem Mann namens Hartmann.

Er war sicherlich nicht im Dienst, auch Polizisten hatten mal frei, aber Randy wußte, wo er ihn höchstwahrscheinlich erreichen konnte. Er schlug im Notizbuch seines Vaters nach und fand die Privatnummer des Kommissars.

Während er wählte, hatte er den Zettel mit den Notizen vor sich auf den Schreibtisch gelegt.

„Hartmann!" meldete sich der Kommissar.

„Hier Randy Ritter!"

Der Kommissar war durch die Nennung des Namens so überrascht, daß er zunächst einmal schwieg.

„Sind Sie noch da, Herr Hartmann?"

„Natürlich – aber mit deinem Anruf habe ich nicht gerechnet." Er lachte. „Gibt es Probleme?"

„Ja...", dehnte Randy. „So kann man es sagen."

„Wieder Falschgeld, wie damals auf der Geisterbahn?"

„Nein, etwas anderes. Diesmal geht es um Einbruch."

„Da bin ich eigentlich nicht zuständig."

„Das weiß ich, Herr Hartmann. Mein Vater und Alfred sind unterwegs, deshalb wende ich mich an Sie. Ansonsten kenne ich ja keinen Kommissar."

„Dann erzähle mal, was geschehen ist."

Es wurde ein langes Gespräch, denn Randy vergaß auch die geringsten Einzelheiten nicht. Zuletzt rückte er mit dem Namen Kalle heraus und mit der Beschreibung des zweiten Einbrechers. „Der soll sehr schmächtig sein und kaum Haare auf dem Kopf haben. Die wenigen sind fahlblond. Er hat ein knochiges Gesicht und eine leicht gebogene Nase. Die Pupillen sind ziemlich hell."

„Sonst noch etwas?"

„Nein, Herr Hartmann. Dieser Kerl kann aber ein Profi sein. Wenn er das ist, haben Sie ihn doch sicherlich in der Kartei."

Der Kommissar lachte. „Gut gebrüllt, Löwe. Ich werde mal sehen, was ich für dich tun kann, Randy."

„Heute noch?"

„Klar. Du hast es ja immer eilig."

„Wenn es um Verbrechen geht."

„Du kannst beruhigt sein. Soviel mir bekannt ist, haben die Kollegen sehr wohl die zahlreichen Einbrüche in den Antiquitätenläden registriert. Vielleicht ist dein Hinweis auch schon die erste heiße Spur. Mal schauen."

„Dann bedanke ich mich jetzt schon."

„Keine Ursache, bis später. Und grüße deine Mutter."

„Mach' ich, Herr Hartmann."

Randy legte auf und spürte genau in diesem Augenblick den Luftzug, der über seinen Nacken strich. Er brauchte sich nicht umzudrehen, um zu wissen, daß jemand die Tür geöffnet und das Zimmer betreten hatte. Auch die Schritte kannte er.

Hinter ihm blieb seine Mutter stehen. „Ich habe es mir fast gedacht, daß du nicht auf der Toilette bist. So gut kenne ich dich mittlerweile, Sohnemann."

„Na ja, du weißt doch, daß ich immer neugierig bin. Ich mußte einfach dem Kommissar Bescheid geben." Randy lächelte.

Frau Ritter setzte sich in den Besucherstuhl. „Und was hat er gesagt?"

„Er wird nachforschen und zurückrufen. Ich soll dich übrigens schön grüßen, Mutti."

„Danke."

„Was ist denn?"

Frau Ritter schüttelte den Kopf. „Randy, ich möchte nicht, daß ihr wieder Detektiv spielt. Bisher habt ihr Glück gehabt, aber das läuft nicht immer so glimpflich ab wie bei der letzten Entführung, als ihr fast in der Tschechoslowakei gelandet seid. Da habe ich schreckliche Angst um euch ausgestanden."

Randy schaute zu Boden und strich durch sein blondes Haar. „Du hast ja recht, Mutti, aber du bist auch mit einem Mann verheiratet, der keinen normalen Beruf hat. Ingenieur und so etwas wie ein Agent…"

„Das reicht mir auch. Außerdem ist Alfred für deinen Vater da. Er kann einspringen, wenn Gefahr droht."

„Wir haben doch nichts getan, Mutti."

Frau Ritter stand auf. „Noch nicht, Randy", sagte sie mit ernster Stimme und dabei nickend.

Sie verließ den Raum, und Randy schaute nachdenklich auf die geschlossene Tür.

Im Prinzip hatte seine Mutter ja recht. Sie konnte eben nicht aus ihrer Haut. Randy allerdings auch nicht, ebensowenig wie Turbo oder Michaela. Sie als Schloß-Trio hatten sich geschworen, die Augen offenzuhalten und die Leute zu jagen, die anderen Unrecht zufügten. Da waren nun mal auch gefährliche Menschen dabei. Begonnen hatte es praktisch mit Turbos Besuch, als japanische Gangster versuchten, das Schwert des Jungen in ihren Besitz zu bekommen. Die hatten sogar vor Waffengewalt nicht zurückgeschreckt.

Randy bekam wieder Gesellschaft. Nach einem vorsichtigen Klopfen betraten Ela und Turbo das Zimmer.

„Deine Mutter erzählte, daß du mit Kommissar Hartmann gesprochen hast", sagte Ela.

„Stimmt."

„Und was ist dabei herausgekommen?"

„Bis jetzt noch nichts. Er will mich so schnell wie möglich zurückrufen."

„Konnte er denn mit deinen Informationen etwas anfangen?" fragte Turbo. Er lehnte an einem der mit Büchern vollgestopften Regale.

„Er war angetan."

„Was ist, wenn er etwas herausbekommt?"

Randy schüttelte den Kopf. „Wie meinst du das, Turbo?"

„Machen wir dann weiter?"

„Ach so..." Randy schaute Ela und Turbo an. „Was meint ihr denn? Sollen wir?"

„Und ob", sagte Ela.

„Das Schloß-Trio läßt sich nicht einschüchtern", erklärte Turbo.

„Meine ich auch. Nur sag das meiner Mutter. Die denkt anders darüber."

Ela nickte. „Kann ich verstehen. Mütter sind eben so." Dann schaute sie auf die Uhr. „Ich werde jetzt Biene nach Hause bringen, komme aber gleich wieder zurück."

„Mach das."

„Bis dann." Ela winkte und verließ das Zimmer.

Turbo sprach seinen Freund an. „Es wäre ja mal interessant

zu erfahren, wo diese Leute das gestohlene Zeug verscha-
chern."

„Bei anderen Händlern. Ich weiß von Will Fazius, daß es in
dieser Branche manchmal Leute gibt, die nicht danach fragen,
wo ein altes Stück herkommt. Die haben dann oft schon einen
Kunden dafür, der auch *cash* zahlt, also bar. Da geht weder eine
Quittung noch ein Scheck über den Ladentisch."

„Krumme Vögel gibt es überall.Weshalb nicht bei den Antiquitätenhändlern."

„Du hast recht, Turbo."

„Und du sitzt auf heißen Kohlen."

„Klar doch."

„Kalle heißt der eine mit Vornamen. Ob die den wohl in der
Kartei haben?"

„Keine Ahnung."

Da läutete der Apparat. Randy bekam glänzende Augen. Er
schnappte nach dem Hörer und meldete sich hastig.

„Hier Hartmann."

„Ah, endlich. Ich habe schon gewartet."

Turbo beugte sich vor, weil er mithören wollte. Der Kommissar sprach so laut, daß er auch etwas verstehen konnte.

„Wir haben mit deinen Informationen etwas anfangen können, Randy. Ich bin davon ausgegangen, daß ich diesen besag-
ten Kalle unter den schweren Jungs finde, die sich mit Einbrüchen durchschlagen."

„Sind Sie fündig geworden, Herr Hartmann?"

„Ja."

„Gut – und wie heißt er?" Randy war so gespannt, daß er
unruhig auf dem Sitz hin- und herrutschte.

„Wir haben mehrere Männer mit dem Namen Kalle gefunden. Einer von ihnen ist in die engere Wahl gekommen. Er
heißt Kalle Kaminski, stammt aus dem Ruhrgebiet und lebt
jetzt in Düsseldorf."

„Wissen Sie auch die Straße?"

„Ja."

„Waren Sie schon bei ihm?"

Hartmann lachte. „Ich habe Kollegen hingeschickt. Sie trafen ihn nicht an."

„Schade."

„Das meine ich auch."

„Aber was ist mit dem anderen? Ich habe Ihnen doch die Beschreibung gegeben."

„Das war ein Problem. Ich möchte mich da nicht genau festlegen. Es könnte Gurke Fiedler sein."

„Wie bitte?"

„Kalle Kaminski und Gurke Fiedler haben sich im Knast kennengelernt und sollen zusammenarbeiten. Das ist alles nur eine vage Vermutung. Beweise haben wir nicht."

„Wann greifen Sie denn zu?"

„Noch nicht!" sagte Hartmann. „Wir halten das Haus, in dem Kaminski wohnt, unter Beobachtung. Bist du nun zufrieden?"

„Klar, immer. Danke auch, Herr Hartmann." Randy wollte schon auflegen, damit war der Kommissar nicht einverstanden.

„Augenblick noch, Randy. Ich möchte euch bitten, daß ihr die Finger von dem Fall laßt."

„Wieso?"

„Wir haben uns verstanden?"

„Im Prinzip ja."

„Dann ist es gut. Wenn wir Erfolg gehabt haben, rufe ich dich wieder an."

„Danke." Randy lehnte sich zurück. „Puh", sagte er und schaute Turbo an, der plötzlich grinste. „Was hast du? Grinst da von einem Ohr zum anderen. Ist was?"

„Ja. Ich sehe das berühmte Glitzern in deinen Augen. Wie ich dich kenne, wirst du den Ratschlag des Kommissars nicht befolgen – oder?"

„Es kommt darauf an."

„Auf wen oder was?"

„Ob du dabei bist?"

„Heute noch?"

„Immer."

„Und Ela?"

„Die sollten wir eigentlich zu Hause lassen, aber das können wir nicht, denn wir brauchen sie als Alibi. Ich werde meiner Mutter sagen, daß wir zu ihr gehen."

„Und in Wahrheit?"

„Fahren wir in die Stadt." Randy überlegte. „Weshalb hat mir Kommissar Hartmann die Adresse genannt? Er müßte uns doch eigentlich kennen. Oder wollte er uns auf die Probe stellen?"

„Das ist möglich."

„Jedenfalls möchte ich mir anschauen, wo dieser Kalle Kaminski wohnt. Außerdem ist er nicht zu Hause."

„Klar. Wenn der in Bad Godesberg den Bruch gemacht hat, dauert es eine Weile."

Randy stand auf. „Die Räder stehen noch draußen, oder?"

„Sicher. Willst du damit fahren?"

„Ja. Das sieht harmloser aus."

Turbo mußte lachen. In der Halle aber wurde sein Gesicht ernst. Frau Ritter kam die Treppe hinab. „Ihr seht so aus, als wolltet ihr noch einmal weg."

„Das stimmt auch, Mutti."

„Und wohin?"

„Eine Radtour machen."

„Tatsächlich?"

„Ja, wir fahren zu Ela."

„Die wollte doch wieder herkommen."

„Stimmt schon. Wir haben es uns anders überlegt. Wir fahren ein wenig durchs Gelände."

„Das soll ich euch glauben?"

„Du kannst mitkommen."

„Nein danke." Sie schaute auf die Uhr. „Wann wollt ihr essen?"

„Mutti, heute ist Samstag. Da können wir das Essen doch mal ausfallen lassen. Vielleicht landen wir auch im Jugendheim. Da läuft heute abend eine heiße Disco."

Frau Ritter wußte, daß sie die Jungen nicht anbinden

76

konnte. „Also gut, ihr seid aber um spätestens zweiundzwanzig Uhr wieder hier. Alles klar, Randy?"

„Superklar. Danke, Mutti."

Aus der Garderobennische nahmen sie ihre gefütterten Jakken. Geld hatte Randy bei sich, auch Turbo.

„Tschüs!" riefen beide wie aus einem Mund und stürmten nach draußen. Tief atmeten sie durch.

„Endlich geht es los", sagte Randy. „Immer nur im Hintergrund stehen, das ist auch nichts." Er schwang sich auf sein Rad. Turbo mußte schon scharf in die Pedale treten, um ihm folgen zu können.

„Die Jagd kann losgehen!" rief Randy und lachte laut auf...

7. Zwei „müde" Polizisten

Dieter Lackner drückte seinen Körper tief in den Sitz und schaute den neben ihm sitzenden Erwin Prinz an. „Weißt du eigentlich, was flüssiger ist als flüssig?"

„Nein."

„Wir, mein Lieber. Wir sind nämlich überflüssig."

„Sag das dem Chef."

Lackner fuhr mit zwei gespreizten Fingern durch seinen dunklen Wangenbart. „Was heißt hier Chef? Der hat uns losgeschickt und hockt selbst zu Hause. Bereitschaft nennt er das. Meine Güte, es war schon immer mehr als langweilig, gegen Häuserwände zu starren."

Erwin Prinz gähnte. „Da sagst du was."

„Und wer sagt uns, daß die beiden Vögelchen angeflogen kommen?"

„Auch der Chef."

Dieter Lackner lachte. „Was der alles weiß."

Erwin knuffte ihn in die Seite. „Stell dich nicht so an, Alter. Du weißt genau, daß Kaminski ein verflucht fauler Kunde ist. Der hat einiges an Vergangenheit zu bieten."

„Habe ich auch."

„Aber keine kriminelle."

„Das nicht."

Der Opel mit den beiden Polizisten stand dem Haus, in dem Kaminski wohnte, schräg gegenüber.

An diesem Samstag hielt sich der Verkehr in Grenzen. Nur hin und wieder rollten Autos durch die Straße. Es waren viele Anlieger unter den Fahrern, die vor den Häuserfronten parkten, wenn sie noch einen Platz fanden.

Erwin Prinz, zweiundzwanzig Jahre jung und noch bei seiner Mutter lebend, packte Butterbrote aus.

„Hast du Hunger?"

„Klar, denkst du, die werfe ich aus dem Fenster."

Lackner lachte. „Du kannst auch nur essen."

„So vertreibt man sich eben die Zeit." Erwin schaute in den

zweiten Außenspiegel, denn hinter ihnen war ein Wagen in die Straße eingebogen. Für einen Moment erfaßten dessen Scheinwerferlanzen den Spiegel des Wagens, wo sie zu explodieren schienen.

„Der fährt viel zu schnell!" beschwerte sich Lackner.

Der Wagen röhrte an ihnen vorbei. Im scheidenden Tageslicht hatten die Polizisten erkennen können, daß zwei junge Männer in dem R 4 hockten, deren Bremslichter vor der Kreuzung aufleuchteten wie rote, kantige Augen.

Erwin biß in sein Brot. „Fleischwurst", sagte er kauend. „Die esse ich unheimlich gern."

„Hm." Dieter brummte nur. Er hatte sich so hingesetzt, daß er die Fenster der Wohnung im Auge behalten konnte. Sie lagen in der vierten Etage, direkt unter dem Dach. Es war die einzige noch dunkle Wohnung. Hinter den anderen Fenstern brannte Licht.

Der Beamte dachte an den Durchsuchungsbefehl, den er bei sich trug. Wenn Kaminski kam, würde er sich wundern. Lackner glaubte auch daran, daß Kalle hinter den Einbrüchen bei den Antiquitätenhändlern steckte. Er war genau der Typ dafür und hatte so einen Job nicht zum erstenmal übernommen.

Lackner war dreißig und seit drei Jahren verheiratet. Seine Frau war in anderen Umständen, das Kind würde in zwei Monaten auf die Welt kommen. Darauf freute sich Dieter schon. Natürlich würde es ein Junge werden, das stand für ihn fest.

Er selbst bezeichnete sich als einen gestandenen Polizisten, im Gegensatz zu seinem jüngeren Kollegen, der erst noch Erfahrungen sammeln und viel lernen mußte.

„Fertig?" fragte Dieter.

Erwin, der Blondhaarige mit den vielen Sommersprossen auf der Haut, schüttelte den Kopf. „Nur die erste Schnitte."

„Hast du auch was zu trinken?"

Erwin schlug gegen seine Stirn. „Das hätte ich doch fast vergessen. Meine Mutter hat uns Kaffee gekocht." Er griff zwischen die Sitze nach hinten, wo eine Aktentasche auf dem Boden stand, die er nach vorn holte und sie öffnete.

„Eine Thermoskanne", sagte er und bekam glänzende Augen.

Dieter schüttelte den Kopf. „Du tust so, als wäre darin der beste Whisky."

„Mutters Kaffee ist besser." Erwin schraubte den Deckel ab, der gleichzeitig als Trinkbecher benutzt werden konnte. Diese Vorgänge lenkten beide Polizisten von ihrer eigentlichen Aufgabe ab, und sie merkten auch nicht, daß sie bereits beobachtet wurden.

Kaminski und Gurke waren längst da.

Eigentlich lag es an Gurkes Instinkt, daß sie das Haus noch nicht betreten hatten. Ihr Wagen parkte ungefähr zwanzig Meter hinter dem Opel der Polizisten. Sie saßen bereits über zwei Minuten, ohne sich zu bewegen. Die gestohlenen Gegenstände hatten sie längst abgegeben, sie waren *clean*, doch Gurke hatte so ein komisches Gefühl gehabt.

„Was ist denn nun?" fragte Kaminski.

„Nun warte ab."

„Riechst du sie immer noch?"

Gurke nickte heftig. „Ja, ich rieche die Bullen. Ich habe ein verdammt komisches Gefühl."

„Das möchte ich dir auch geraten haben."

„Wieso?"

„Bist du es nicht gewesen, der meinen Namen laut gerufen hat? Die Alte wird ihn behalten haben. Daß wir bei den Bullen bekannt sind, versteht sich von selbst."

„Deshalb auch mein Gefühl."

Kaminski strich über sein dunkles Haar und kämmte mit den Fingerspitzen die Augenbrauen hoch. „Sollen wir hier hockenbleiben? Ich jedenfalls nicht. Heute ist Samstag. Ich kenne da eine Disco, da heizen sie dir die Hölle ein..."

„Kannst du auch hin."

„Aber nicht, wenn wir..."

Gurke schnippte mit seinen schlanken Einbrecherfingern. „Sie sind da", sagte er.

„Wo?"

„Vor uns."

„Toll. Dann geh doch hin."

„Mach ich auch." Gurke wollte die Tür öffnen, Kalle hielt seinen Arm fest.

„Nicht so hastig. Du bist also sicher, daß man unser Haus beobachtet."

„Das bin ich."

„Dann nimm den Schlafmacher mit."

„Sowieso." Gurke grinste, als er das Handschuhfach öffnete und die Spraydose hervorholte. „Was ist mit dir? Kommst du mit?"

„Klar, aber ich decke dir den Rücken."

„Kannst du machen."

Sehr vorsichtig und auch sichernd verließen die beiden Diebe den kleinen Polo.

Der Gehsteig war leer. Beide Männer hielten sich nahe den Hauswänden. Natürlich gerieten sie hin und wieder in den Lichtschein der Fenster. Manchmal duckten sie rechtzeitig genug ab, bei schwächerem Widerschein gingen sie einfach weiter.

Kalle hielt sich hinter Gurke. Ihre Blicke waren nach links gerichtet, wo die Wagen standen.

Bisher waren sie alle unbesetzt gewesen. Das änderte sich auch nicht, als sie einen Mercedes passierten.

„So etwas fahren Bullen nicht", sagte Gurke.

„Du hast recht, weiter."

„Und was ist mit dem Boß?"

„Wieso?"

„Willst du ihm Bescheid geben?"

Kaminski tippte gegen seine Stirn. „Wie denn? Kennst du seine Telefonnummer?"

„Nein."

„Na bitte."

„Hör mal zu, Kalle", sagte Gurke flüsternd. „Wenn sie uns auf die Spur gekommen sind, mache ich eine Fliege. Verstanden?"

„Ich sogar den Brummer."

„Dann sind wir uns ja einig. Auf den Boß da... na ja..."

Sie gingen weiter und entdeckten dann den am Straßenrand geparkten Opel, der mit zwei Männern besetzt war. Beide saßen vorn und unterhielten sich. Dabei bewegten sie sich so, als würden sie etwas trinken.

„Grünjacken!" hauchte Gurke. „Tatsächlich."

„Die sind doch in Zivil."

„Ja, Kriminale. Noch schlimmer."

„Und sie haben es sich gemütlich gemacht." Kaminski lachte leise und rieb seine Hände in großer Vorfreude. „Weißt du was, Gurke. Gib mir das Döschen."

„Gern."

Kaminski warf die Spraydose einmal hoch und fing sie mit dem Handteller wieder auf. „Das wird ein Spaß."

„Was machen wir danach?"

„Packen."

„Einverstanden."

Diesmal blieb Gurke Fiedler zurück, als sich sein Kumpan in Bewegung setzte. Weit hatte er nicht zu laufen, knapp zehn Meter. Er duckte sich dabei, so daß ihm die anderen Wagen Deckung gaben. Ohne gesehen zu werden, hatte er das Heck des Opel erreicht, wo er sich zunächst einmal hinhockte.

Die Polizisten hatten nichts bemerkt. „Der Kaffee von deiner Mutter ist wirklich gut", lobte Lackner. „Alle Achtung."

„Habe ich doch gesagt. Willst du noch einen Schluck?"

„Klar." Dieter hielt seinem Kollegen den Becher hin, damit Erwin eingießen konnte. Die Scheibe an Dieters Seite war um ein Drittel nach unten gedreht worden, um frische Luft in den Wagen hereinzulassen. Hinter dem Glas erschien plötzlich eine Gestalt.

Sie richtete sich langsam auf, blieb aber gebückt stehen. Die Polizisten konzentrierten sich auf ihren Kaffee und wurden erst aufmerksam, als sie ein Pochen hörten.

Dieter Lackner fuhr so heftig herum, daß Erwin den Kaffee verschüttete. Die Brühe floß über Dieters Hand, der sich darum nicht kümmerte, sondern erschreckt und überrascht auf das schwammige Gesicht der gebückt dastehenden Gestalt hinter der Scheibe starrte.

„Das ist ja Ka..."

Weiter kam Lackner nicht. Er hörte das Zischen, etwas sprühte gegen sein Gesicht und raubte ihm den Atem.

Erwin Prinz fehlte noch einiges an Erfahrung. Er kam jedenfalls nicht schnell genug aus dem Wagen. Die Wolke quoll ihm entgegen und bekam noch weiteren Nachschub.

Auf dem Fahrersitz rutschte Erwin Lackner bereits in sich zusammen. Mit glasig wirkenden Augen stierte er gegen den Wagenhimmel. Erwin hatte die Augen geschlossen. Es half ihm auch nichts mehr. Das Gas lähmte seine Atemwege. Ihm wurde übel, er kriegte keine Luft mehr, dann stülpte jemand ein schwarzes Tuch über ihn.

Die Thermosflasche rutschte ihm aus der Hand, blieb vor seinen Füßen liegen, und der restliche Kaffee versickerte in der Fußmatte.

Kaminski richtete sich auf. Er lachte glucksend, als er sagte: „Das war's!"

„Schlafen die Bullen?" Gurke war auch da.

„Und wie. Tiefer geht es kaum noch."

„Stark, wirklich."

Kalle fuhr herum. „Aber kein Grund, sich auf den Lorbeeren auszuruhen. Du hast gesehen, daß man uns auf den Fersen ist. Die beiden sind für mindestens zwei Stunden außer Gefecht. In der Zeit müssen wir untergetaucht sein."

„Ganz und gar."

„So ist es."

„Das wird dem Boß schmecken", sagte Gurke, als er neben Kalle über die Straße eilte.

„Ist mir egal. Jedenfalls habe ich keine Lust, gesiebte Luft zu atmen. Und hättest du meinen Namen nicht gerufen..."

„Ja, ja, ich weiß." Gurke war sauer, dauernd an seinen Fehler erinnert zu werden.

Der Hauseingang war erleuchtet.

Kalle schloß auf. Sein Kumpan Gurke wohnte nicht in der Bude. Er hatte dort nur einige Habseligkeiten untergebracht.

Die beiden Männer hetzten durch das Treppenhaus. Niemand begegnete ihnen.

Kalle Kaminski schloß die Wohnungstür auf und drückte sie nach innen. Er war mißtrauisch, betrat die Wohnung noch nicht. Auf der Schwelle blieb er stehen.

„Ist was?"

„Halt die Klappe." Diesmal schnüffelte Kalle, aber die Luft war rein. Er machte Licht und betrat den engen Flur, der ihm offensichtlich als Rumpelkammer diente. Unter der Garderobe stand ein Korb mit schmutziger Wäsche. Daneben lagen achtlos hineingeworfen die Gasflaschen des Schweißbrenners.

Im Wohnraum sah es kaum anders aus: überall leere Flaschen, auch auf dem verschmierten Tisch; und Couch und Sessel hatten schon bessere Zeiten gesehen, genauso wie der alte Schrank, auf dessen Oberseite ein brauner Koffer lag.

Kaminski holte ihn herunter, klappte ihn auf und öffnete

auch die Schranktür. In einer Ecke lag das Bargeld, das ihm noch zur Verfügung stand. Es waren knapp über fünftausend Mark. Damit kam er für eine Weile durch.

Gurkes Koffer stand im Bad. Er holte ihn und tippte Kalle auf die Schulter.

„Was ist denn?"

„Da lag ein Zettel."

Kaminski stierte Gurke an. „Wo?"

„Im Flur. Du hast ihn nicht gesehen, aber ich."

„Gib her." Er riß Gurke den Zettel aus der Hand, las die Nachricht und schüttelte den Kopf.

„Der Boß!" sagte Fiedler grinsend.

„Ja, er will uns heute noch sehen. In der alten Fabrik. So schnell wie möglich." Kalle sprach abgehackt, als wäre in seinem Hals ein kleiner Roboter eingebaut.

„Fahren wir hin?" Gurke war so unruhig, daß er nervös von einem Fuß auf den anderen trat.

„Weiß nicht..."

„Ich würde fahren."

„Wieso?"

„Das riecht nach einem neuen Job, und ich brauche Geld."

Kaminski kratzte sich hinterm Ohr. „Neuer Job ist gut", sagte er. „Wir sollten vielleicht Schluß machen."

„Nein, ein letzter dicker Fisch, den nehmen wir noch mit."

„Also gut, wir fahren. Hast du alles?"

„Ja, mein Koffer stand im Bad."

„Ich hole schnell meine Papiere." Kalle verschwand im Schlafzimmer, wo nur ein altes Bett stand. Zwischen den Matratzen steckten die Ausweispapiere und ein Tausendmarkschein, den er verschwinden ließ.

Dann ging er wieder zurück. Im Flur stand Gurke in angespannter Haltung und starrte auf die Wohnzimmertür. Dabei hielt er einen Finger auf die Lippen gelegt.

„Was ist denn?" zischte Kalle.

Mit dem Daumen deutete Gurke auf den Eingang. „Kalle, da steht jemand vor der Tür..."

8. Die entscheidende Spur

Um Ela Schröder zu überzeugen, hatten beide Jungen nicht lange gebraucht. Sie war Feuer und Flamme für den neuen Plan gewesen und war nur noch zurückgelaufen, um ihr Rad zu holen.

Radfahren war für das Schloß-Trio überhaupt der Sport und die Schau. Sie traten in die Pedale, was das Zeug hielt. Sie waren bestimmt einsame Spitze, wenn es darum ging, mit dem Fahrrad auch größere Entfernungen so schnell wie möglich zurückzulegen.

So auch jetzt.

Natürlich war der Weg bis zu ihrem Ziel ziemlich weit. Sie mußten auf die andere Rheinseite, denn dort hatte dieser komische Kaminski seine Wohnung.

Als sie über die Brücke fuhren, dämmerte es bereits. Lange, graue Schatten krochen über den Himmel. Noch war er ziemlich klar, doch auch als Radfahrer mußten sie schon mit Licht fahren.

Sie hatten Ela in die Mitte genommen. Randy fuhr an der Spitze, Turbo bildete den Schluß.

Unter ihnen trieben die dunkelgrau gewordenen Fluten des Rheins in Richtung Norden. Auch die Schiffe waren jetzt beleuchtet, und die zahlreichen Lichter spiegelten sich in den Wellen.

Nach der Brücke begann ein Radweg. Er führte in einer Linkskurve in die Tiefe, um danach wieder die Straßenhöhe zu erreichen. Sie hatten den Vorort bereits erreicht und bogen jetzt in die Straße ein, wo Kaminski wohnen sollte.

Sie überquerten die Straße ungefähr dort, wo auch der Opel mit den beiden schlafenden Polizisten stand. Davon aber bemerkten die Freunde nichts.

„Hier ist es", sagte Randy und deutete auf den beleuchteten Hauseingang mit der Glastür.

„Da müssen wir also rein", meinte Ela. Sie stellte ihr Rad vor die Hauswand und schloß es ab.

Randy und Turbo folgten ihrem Beispiel. Turbo schaute sich das Klingelbrett an.

„Den Namen gibt's da nicht", sagte er.

Ela drängte sich neben ihn. „Doch, da oben."

„Das ist nur ein Buchstabe."

„Ja, ein großes K."

„Klar, das muß er sein", sagte auch Randy, der sich ebenfalls in den Eingang gedrängelt hatte.

„Sollen wir schellen?" fragte Ela.

„Bist du verrückt? Nein, wir versuchen erst einmal, so ins Haus zu kommen."

„Und wie?" Ela zog die Nase hoch. „Willst du die Tür aufbrechen?"

„Nein, da kommt jemand", sagte Turbo. Er hatte den Schatten hinter der Scheibe als erster gesehen.

Sofort traten die Freunde zurück. Sie stellten sich neben ihre Räder und warteten ab.

Die Tür wurde geöffnet. Ein junger Mann verließ das Haus. Er war aufgeputzt wie ein Gockel – discolike angezogen. Viel Gel im Haar, eine Hose aus schwarzen und silbernen Streifen, schwarzes Hemd und eine dünne, grüne Lederjacke.

Ohne dem Schloß-Trio einen Blick zu schenken, stolzierte er vorbei und visierte einen Wagen an. Es war ein älterer Fiat, in den er einstieg.

„Ist der Knabe schön", sagte Ela und verdrehte die Augen.

Turbo hatte inzwischen die Haustür für die beiden Freunde offengehalten. „Kommt endlich."

Ela war zuerst bei ihm. Randy warf noch einen Blick auf die Straße zurück.

Niemand hatte sie beobachtet. Hinter ihnen schwang die Tür langsam zu. In einem fremden Hausflur zu stehen ist immer etwas beklemmend. Sie schauten sich um und spürten die Gänsehaut auf dem Rücken.

„Sollen wir wirklich?" fragte Ela mit herabgezogenen Mundwinkeln.

Randy legte seine Hand auf ihre Schultern. „Ich heiße nicht

umsonst Ritter. Das waren früher die großen Beschützer der Schloßjungfrauen."

Elas Blick wurde zweifelnd. „Wo hast du denn deine Rüstung?"

„Die war mir heute zu unbequem."

Sie folgten Turbo, der bereits vorgegangen war und mehrere Stufen auf einmal mit langen Schritten nahm. Er bewegte sich dabei katzenhaft geschmeidig und auch sehr leise. Kaum ein Geräusch war zu hören, wenn er seinen Fuß aufsetzte.

Nicht hinter allen Wohnungstüren, an denen sie vorüberkamen, herrschte Stille. Manchmal hörten sie laute Stimmen und öfter noch den Fernseher. Es war eben Sportschau-Zeit.

Wie in vielen alten Mietshäusern, hing auch in diesem Treppenhaus ein bestimmter Geruch: Zumeist muffig oder durchsetzt mit Essensdünsten. Das änderte sich in der oberen Etage.

Turbo deutete auf die Wohnungstür.

Ela nickte. Sie trat vor, übersah jedoch die Matte, kickte mit der Fußspitze dagegen, und plötzlich rutschte das harte, kratzige Bastviereck bis gegen die Tür.

Der dabei entstandene dumpfe Laut war von keinem der drei zu überhören gewesen.

„Du bist doch beknackt, Mensch!" flüsterte Randy.

Ela war knallrot geworden. „Entschuldige. Das kann jedem mal passieren."

„Ausgerechnet jetzt."

Turbo legte sein Ohr an die Tür. Noch brannte das Flurlicht. Als Turbo das Holz berührte, verlöschte es. Die Dunkelheit fiel über den Hausflur wie ein großer Sack. Eine Etage tiefer befand sich ein Fenster. Dort lag ein grauer Schatten, den sie erkennen konnten, wenn sie in den Treppenschacht sahen.

„Hörst du was?" fragte Randy leise.

„Eigentlich nicht."

„Was heißt..."

Randy blieb das Wort im Hals stecken, denn jemand zog mit aller Gewalt die Tür nach innen auf.

Die Freunde sahen noch zwei Männer in einem engen Flur

stehen, waren aber zu überrascht, um etwas unternehmen zu können.

Im nächsten Moment überstürzten sich die Ereignisse ...

Es war Kalle Kaminski, der schier explodierte. Er stürzte Turbo entgegen, hieb mit der geballten Faust zu, und der Junge aus Japan wurde gegen das Türfutter geschleudert, dann gepackt und in den Flur hineingeworfen.

Ela wollte zutreten. Sie schaffte es, das Bein in die Höhe zu bekommen, doch Gurkes Hand umklammerte wie eine Zange den rechten Knöchel und drehte ihren Fuß um.

Ela schrie, als sie fiel.

Gurke Fiedler riß sie hoch und katapultierte sie ebenfalls mit einem harten Stoß in den Wohnungsflur.

Randy stand noch draußen.

Kalle griff ihn an.

In einem Reflex hob Randy beide Arme schützend vor sein Gesicht, konnte die Schläge parieren, aber zu keinem Gegenangriff ansetzen, denn Gurke kam ihm schnell zuvor, er stürmte auf ihn zu und rammte seinen Kopf in Randys Bauch.

Der Junge fiel zurück, landete mit dem Kreuz auf den Kanten der nach oben führenden Treppenstufen und hörte Kaminski brüllen: „Pack ihn dir!"

Dieser Schrei machte Randy mobil. Zwei seiner Freunde hatten die Kerle fast geschafft, er wollte nicht der dritte sein. Trotz der Rückenschmerzen richtete er sich auf.

Gurke Fiedler verbaute ihm den Weg zur nach unten führenden Treppe. Er stand dort breitbeinig und grinste häßlich.

Kaminski nahm die offene Wohnungstür ein. Was mit Ela und Turbo war, konnte Randy nicht erkennen.

Weiter unten öffnete jemand eine Tür und brüllte laut in das Treppenhaus: „Ruhe, verdammt!"

Gurke stürmte vor, und Randy blieb nur mehr ein Ausweg. Er mußte die Treppe hoch.

Blitzschnell schwang er sich herum. Mit der Rechten stützte er sich dabei am Handlauf des Geländers ab. Eine Sekunde später jagte er bereits mit gewaltigen Sätzen die Stufen hoch und Gurke hetzte hinterher.

Man konnte Randy vieles nachsagen, langsam war er nicht. Er gehörte zu den besten Sportlern in der Schule, das zahlte sich hier aus. Randy holte noch einen Vorsprung heraus, ließ die Treppe hinter sich und fand sich in einem rechteckigen Flur wieder.

Erst jetzt knipste Gurke das Licht an.

Er stand auf halber Treppe. „Dich hole ich mir!" keuchte er. „Du wirst noch verfluchen, überhaupt geboren zu sein."

„Mal sehen."

Gurke kam. Er ging schleichend weiter, knackte mit seinen Fingern und grinste schief, wobei die Augen in wilder Vorfreude glänzten.

Randy wollte sich nicht unbedingt auf eine Schlägerei mit dem Kerl einlassen. Fieberhaft suchte er nach einem Ausweg, und das nicht nur gedanklich, denn er hatte vorhin eine Tür gesehen, die sich jetzt hinter ihm befand. Und er erinnerte sich daran, daß dieses Haus ein Flachdach besaß. Sollte die Tür ins Freie führen?

Er probierte es.

Manchmal braucht man eben ein Quentchen Glück. So war es auch bei Randy Ritter.

Er hatte kaum die Klinke nach unten geschlagen, als sich die Tür fast von allein öffnete. Der kalte Nachtwind wehte in sein Gesicht, als er mit einem Satz über die Schwellenkante hinwegsetzte und sich auf dem Dach befand, das an den Längsseiten von einer hüfthohen Mauerbrüstung abgesichert wurde.

An den Breitseiten bildeten die Schrägen der Nachbardächer dreieckige Wände mit oben spitzen Winkeln.

Auch Gurke stand mittlerweile auf dem Dach. Mit dem Fuß trat er die Tür zu. Dann schüttelte er den Kopf. „Du kommst hier nicht weg!" rief er Randy entgegen. „Ich schmeiße dich über die Brüstung!" Er lachte höhnisch.

Der Junge war größer als Gurke. Nur, dieser Dieb und Einbrecher gehörte zu den Schlägertypen, im Gegensatz dazu

haßte Randy körperliche Gewalt und setzte sie wirklich nur dann ein, wenn es nicht anders ging.

Wieder blähte der Wind sein Haar hoch. Randy schaute nach links über die Brüstung hinweg. Aus der Tiefe der Häuserschluchten stieg der Glanz abendlicher Lichter gegen den Nachthimmel und zog einen feinen fahlgelben Schleier über die Stadt.

Gurke Fiedler näherte sich dem Jungen im Zickzacklauf. Er hielt die Arme dabei gestreckt, täuschte, fintierte und grinste dabei ständig weiter.

Randy wich zurück.

„Ja, Klasse. Das habe ich gewollt. Du wirst gleich über die Brüstung springen und...“

„Hören Sie. Was... was haben wir Ihnen überhaupt getan?“

„Geschnüffelt.“

„Wieso?“

„Wer an fremder Leute Türen horcht, der ist ein Schnüffler. Und solche Typen fallen mir echt auf den Keks. Denen muß man zeigen, wo es langgeht. Klar?“

„Wir... wir wollten doch nicht schnüffeln, wirklich nicht.“

„Was denn?“

„Wir wollten zu einem Freund.“

„Ha, ha. Und der soll bei Kalle wohnen?“

„Zumindest in diesem Haus. Wir wußten nur nicht die Etage. Oder auch im Nebenhaus.“

„Das nimmt dir keiner ab.“ Gurke blieb stehen. „Andererseits“, sagte er, „könntest du irgendwie recht haben. Für einen Bullen bist du noch zu jung.“

„Sie meinen einen Polizisten.“

„Ja, kein männliches Rind.“

„Wenn Sie mich über das Geländer stoßen, wäre das Mord!“

„Ein Unfall.“

„Die Polizei...“

„Hör auf mit den Mistkerlen. Ich möchte jedenfalls wissen, wer euch geschickt hat. Los, mach's Maul auf!“

„Das habe ich Ihnen schon...“

Gurke Fiedler ging wieder vor. „Dir werde ich wirklich zeigen müssen, wo es langgeht. Du bist so etwas von unvernünftig, daß du dir dabei dein eigenes Grab schaufelst."

„Unsinn, ich habe..."

Gurke sprang vor. Er hatte gedacht, Randy überraschen zu können. Ein Irrtum. Auch hatte er die Reflexe des Sechzehnjährigen unterschätzt, der blitzschnell zur Seite wich, so daß Gurke einfach an ihm vorbeischoß.

Beinahe wäre er noch gegen die Mauer geprallt. Dicht davor stoppte er ab und kreiselte herum.

„So ist das also, Bursche. Na warte, ich werde dir..."

Randy hörte nicht mehr zu. Er jagte bereits auf die Tür zu, um durch sie wieder in das Treppenhaus zu gelangen.

Zwei Schritte vor seinem Ziel passierte schließlich das Malheur. Damit hatte Randy einfach nicht rechnen können. Jedenfalls war Kaminski die Treppe hochgestiegen und rammte die Tür auf.

Randy sah den Schatten auf sich zufliegen, riß noch beide Arme hoch, bekam den Schlag trotzdem mit und hatte das Gefühl, in einem Kreisel zu sitzen, der ihn zu Boden schleuderte.

Daß er auf dem Rücken landete, merkte er kaum. Dafür bekam er allerdings Kaminskis Worte mit, der seinen Kumpan anfuhr. „Komm endlich, Gurke, wir hauen ab!"

Gurke rannte los. Er kümmerte sich nicht um Randy, der wie betäubt am Boden lag und zunächst einmal nicht wußte, wo es langging. Er fühlte sich nur unheimlich schlecht, auch seine Nase schmerzte. Er tastete mit Daumen und Zeigefinger über die Oberlippe, wo er etwas Klebriges spürte.

Blut...

Irgendwie machte ihn das munter. Er richtete sich auf, blieb aber sitzen. In seinem Kopf dröhnte es. Er fühlte die Nase ab und stellte fest, daß nichts an ihr gebrochen war. Alles war noch so wie früher. Bis eben auf den feinen Blutstreifen, der aus dem linken Nasenloch gelaufen kam.

Dann stand er auf.

Und plötzlich schoß es ihm wie eine heiße Flamme durch den

Kopf. Himmel!, an sich hatte er gedacht, aber da gab es noch zwei andere.

Ela und Turbo! Was mochte mit ihnen geschehen sein?

Kaminskis Schlag hatte Turbo ziemlich aus dem Gleichgewicht gebracht. Als er wieder einigermaßen denken konnte und das rote Blitzen vor seinen Augen verschwunden war, da fand er sich in einer fremden Umgebung wieder. Kaminski hatte ihn in das Bad gesperrt, in einen vor Dreck starrenden Raum, in dem es stank und der Boden der Duschwanne von einem schimmelähnlichen Pilz bedeckt war.

Ela war nicht bei ihm. Um sie kümmerte sich Kaminski. Das Mädchen befand sich in keiner beneidenswerten Lage. Kalle stand vor ihr mit ausgestrecktem Arm. Eine Hand hielt er gegen ihr Brustbein gedrückt und preßte sie mit dem Rücken hart gegen die Flurwand.

Aus großen, ängstlichen Augen starrte Ela auf das schweißüberzogene Gesicht des Mannes. Sie nahm auch den säuerlichen Geruch wahr, den seine Kleidung ausströmte, und als er sprach, drang ihr sein stinkender Atem entgegen.

„Und jetzt, mein Püppchen, wirst du mir genau erzählen, wer euch geschickt hat."

„Niemand!"

„Was habt ihr dann hier gesucht?"

„Wir wollten... wir wollten..."

Weiter kam sie nicht, weil Turbo von innen wütend gegen die Tür der Dusche hämmerte. Der Lärm störte Kalle erheblich.

„Verdammt noch mal, willst du wohl aufhören!"

„Dann schließ doch auf!"

Ela wollte entwischen, Kaminski aber war schneller. Er packte sie hart am Oberarm und wirbelte sie herum. „So haben wir nicht gewettet", keuchte er. „Jedenfalls ist es mir egal, was du hier gewollt hast." Er öffnete die Schlafzimmertür und warf das Mädchen mit einem harten Stoß in den Raum hinein, wo Ela glücklicherweise auf das Bett fiel und sich somit nichts tat.

Kalle zog den Schlüssel von innen ab, steckte ihn außen ins Schloß und drehte ihn zweimal um.

Dann nahm er die beiden Koffer und hetzte aus der Wohnung. Sie mußten weg, nur das zählte. Er glaubte zwar nicht, daß die drei Jugendlichen von den Bullen geschickt worden waren, mit ihnen anfangen konnte er aber auch nichts.

Mit einem lauten Knall schlug die Tür hinter ihm zu. Das Geräusch wurde auch von Ela und Turbo gehört.

Turbo hatte sich im Bad dicht hinter der Tür aufgebaut.

„Ela!" rief er.

Schwach vernahm er die Antwort. „Ich bin im Schlafzimmer eingeschlossen."

„Ich in der Dusche!" brüllte Turbo zurück. „Ich werde versuchen, die Tür aufzubrechen."

„Das schaffe ich bei mir nicht!"

„Ich hol' dich dann raus!"

„Probiere es!"

Turbo konnte keinen großen Anlauf nehmen. Er wollte es auch nicht mit der Schulter versuchen, sondern mit Tritten. Einen Schritt ging er noch zurück, hob das rechte Bein an und rammte den Fuß gegen die Tür. Er traf mit dem Absatz zuerst. Das Holz zitterte zwar, nur brach es nicht entzwei.

Das sieht im Kino immer so toll aus, Turbo hatte seine Probleme. Er startete zu einem zweiten Versuch. Diesmal erwischte er die Tür in Höhe des Schlosses.

Es klappte etwas besser, denn das Holz begann zu knirschen. Noch dreimal trat er dagegen, bis plötzlich die Tür aufsprang und Turbo fast noch in den Flur gestürzt wäre.

„Okay, Ela, ich bin frei!" Er drehte sich und hörte schon das Klopfen des Mädchens.

Turbo brauchte den außen steckenden Schlüssel nur zweimal herumzudrehen, dann taumelte ihm Ela entgegen. „Himmel", sagte sie. „Ich habe vielleicht eine Angst ausgestanden. Ich dachte, der würde mich umbringen, dieser komische Kalle. Die wußten nicht, was sie mit uns anfangen sollten."

„Klar." Turbo drehte sich um, ging zur Wohnungstür und hatte die Klinke schon in der Hand.

„Hier müßte mal jemand putzen", sagte Ela noch, die nur den Kopf schütteln konnte. Dann weiteten sich ihre Augen vor Freude, denn Randy stürmte durch die offene Tür.

„Alles klar?" fragte er.

„Nur bei dir nicht."

„Wieso?"

Ela zeigte auf seine Nase. „Du blutest."

„Ja, nur ein Kratzer. Tut auch nicht mehr weh. Die Kerle sind verduftet."

Ela holte ein sauberes Taschentuch hervor. Mit einem Zipfel tupfte sie Randy das Blut von der Oberlippe. „So", sagte sie, „das sieht schon besser aus."

„Jetzt würde mich mal interessieren, wohin die Kerle geflohen sind. Die haben doch bestimmt ihre Zelte abgebrochen. Vorhin standen hier Koffer, jetzt sind sie weg."

Die drei schauten sich an und hoben ihre Schultern. Niemand konnte etwas dazu sagen.

„Wenn wir die Bude durchsuchen, finden wir vielleicht einen Hinweis", schlug Ela vor.

„Das wäre gut."

Sie teilten sich die Zimmer auf. Randy suchte im Wohnraum, Michaela im Schlafzimmer, Turbo übernahm den Rest.

Beide Jungen hörten Ela schimpfen, einen Erfolg konnte sie nicht aufweisen.

Randy schüttelte den Kopf, als er den Dreck im Wohnraum aus der Nähe sah. Wenn die Bude wieder vermietet werden sollte, mußte sie von Grund auf renoviert werden.

Unter der Couch und unter den Sesseln fand er nichts, auf dem Tisch standen Flaschen, teilweise mit Staub überzogen, und eine der Schranktüren schwang nach außen.

Da suchte Randy weiter, bis er plötzlich zwischen ein paar aufeinanderliegenden Hemden etwas anderes fühlte. Wie Pappe oder Papier knisterte es zwischen seinen Fingern.

Randy zog den Gegenstand hervor und bekam große Augen. Es war ein Stadtplan von Düsseldorf. Ziemlich vergilbt zwar, dennoch nicht weniger wert. Auf dem Fußboden faltete Randy den Plan auseinander.

Turbo und Ela, die zurück in den Wohnraum kamen, staunten nicht schlecht, als sie ihren Freund über den Stadtplan gebeugt sahen.

„Was suchst du denn?" fragte Michaela.

„Weiß ich noch nicht."

„Einfach nur so?" Ela hockte sich neben ihn.

„Nein. Ich habe ihn unter Hemden versteckt im Schrank gefunden. Und wer versteckt schon einen völlig harmlosen Stadtplan so, daß man ihn kaum findet."

„Jemand, der etwas zu verbergen hat", sagte Turbo.

„Genau."

„Wir teilen uns die Arbeit", schlug Ela vor. „Jeder nimmt sich ein Drittel vor. Wenn irgendeine Stelle besonders markiert ist, müßte sie uns doch auffallen."

Keiner sprach dagegen.

Es dauerte eine Weile. Schon mehr als vier Minuten waren vergangen, als Turbo die Entdeckung machte. „Da", sagte er, streckte den Arm aus und deutete auf einen bestimmten Punkt im Norden der Stadt. „Da ist etwas eingekreist."

„Sogar mit Kuli", murmelte Ela.

„Deshalb sehen wir es ja noch."

In der unmittelbaren Umgebung der eingekreisten Stelle war die Farbe mehr weiß als rot. Auch Straßen gab es so gut wie keine, trotzdem mußte der Punkt wichtig sein.

„Das ist sogar auf dieser Rheinseite", sagte Ela. „Wie lange würden wir bis dorthin brauchen?"

„Eine halbe Stunde."

„Das ginge ja noch."

Randy drehte den Kopf und schaute Ela an. „Willst du tatsächlich dorthin fahren?"

„Warum ist die Stelle wohl eingekreist?"

„Da war mal ein Steinbruch", murmelte Randy. „Jedenfalls lese ich hier einen Hinweis."

Turbo schnickte mit den Fingern. „Klar, wo kann man sich besser verstecken als dort?"

„Das stimmt." Ela nickte heftig.

Randy fuhr sich durch sein Haar. „Tja", sagte er, „ich weiß nicht so recht. Ein Steinbruch..."

„Da können sie auch die gestohlenen Antiquitäten hingeschafft haben, Randy."

„Okay, ihr habt mich überzeugt." Er stand auf. „Fahren wir eben hin."

„Brauchst du den Plan?"

Randy schüttelte den Kopf. „Den Weg finde ich auch so."

Als die drei Freunde das Haus verließen und sich auf ihre Räder schwangen, regte sich der erste der beiden Polizisten, die als Bewacher abgestellt waren. Ihm war so elend wie selten zuvor in seinem Leben.

Das Schloß-Trio radelte an dem Dienstwagen vorbei...

9. Der Unheimliche mit der Goldmaske

„Am liebsten würde ich auf die Autobahn fahren", sagte Gurke Fiedler.

„Und dann?"

„Ab nach Holland."

Kalle lachte. „Das können wir später nachholen."

„Dann ist die Grenze dicht, Mensch."

„Wegen uns?"

„Klar." Kalle nickte. „So kleine Fische sind wir auch nicht mehr." Er schaltete wieder höher und prügelte den Polo auf die Außenbezirke der Stadt zu.

„Dann müssen wir in Deutschland bleiben."

„Erst reden wir mit dem Boß."

„Der wird dir was pfeifen."

„Wie meinst du das?"

Gurke hob die Schultern. „Glaub nur nicht, daß der noch eine müde Mark rausrückt. Ich weiß überhaupt nicht, was er will. Einen neuen Job vergeben? Um diese Zeit? Das war noch nie da."

„Etwas Kies könnte ich schon noch gebrauchen."

„Frag mich mal." Gurke lachte auf. „Du bist ja immer besser weggekommen als ich."

„Hör mit dem Käse auf."

„Stimmt das etwa nicht?"

Kalle schwieg. Er konzentrierte sich auf die Fahrerei. Den Bereich der dicht bebauten Stadt hatten sie hinter sich gelassen. Das Gelände war nun freier geworden, kaum noch Hausfronten grenzten den Blick der Männer ein.

Nicht weit entfernt verlief eine Autobahn. Es sah so aus, als ob ein helles, funkelndes Band direkt in den nächtlichen Himmel führte.

„Im Dunkeln war ich noch nie dort", sagte Gurke.

„Ich auch nicht." Kalle lachte meckernd. „Hast du Schiß?"

„Quatsch. Ich frage mich nur, was der Boß von uns will." Fiedler setzte sich kerzengerade hin. „Oder ob das eine Falle ist?"

„Meinst du, der könnte die Bullen geholt haben?"

Gurke nickte.

Sein Kumpan widersprach. „Damit würde er sich ins eigene Fleisch schneiden. Die Bullen holen auch ihn."

„Den niemand kennt?"

Kalles Fuß rutschte fast vom Gaspedal, so sehr hatte sich der Dieb erschreckt. „Du hast recht. Den Boß kennt niemand von uns. Nicht mal seine Stimme können wir notfalls identifizieren.

Der kann uns glatt auflaufen lassen und sich selbst unbehelligt verabschieden."

„Meine ich doch."

Kaminski bremste ab und ließ den Polo am Straßenrand ausrollen. „Mensch, Gurke, irgendwie habe ich das Gefühl, einiges falsch zu machen. Sollen wir nicht lieber über die Grenze nach Holland?"

„Und das letzte Geld?"

„Wie meinst du das?"

Gurke knackte wieder mit den Fingern. „Ich bin fast blank. Ich brauche noch einen Zuschlag."

Wenn er so sprach, traf er bei Kaminski nie auf taube Ohren. „Du hast recht, wir riskieren es noch einmal." Kaminski drehte den Kopf, um Gurke anschauen zu können. „Eines sage ich dir, Gurke. Diesmal zu unseren Bedingungen."

Fiedler hörte auf, mit den Fingern zu knacken. „Was heißt das denn?"

„Ganz einfach. Wenn wir einen Job übernehmen sollen, muß der Chef schon was rausrücken. Dreimal soviel wie sonst."

Gurke grinste. Vor seinem geistigen Auge sah er schon die Scheine flattern. „Das ist natürlich irre, super. Da könnten wir richtig kassieren und uns anschließend absetzen."

„Genau das meine ich." Kalle legte den ersten Gang ein und startete wie ein Weltmeister...

Auf dem glatten Asphalt der Straße hatten die drei Freunde noch gut fahren können. Später, als sie in die Nähe des alten Steinbruchs gerieten, mußten sie mehr aufpassen.

Da wurde der Boden holprig und uneben, der Weg war übersät von kleinen Mulden, Rinnen und Buckeln. Dazwischen wuchs hartes Wintergras, vermischt mit Unkraut, das oft Kniehöhe erreichte.

Phantomgleich radelten die Freunde durch die Nacht, nur begleitet vom blassen und tanzenden Lichtschein ihrer Fahrradlampen. In dieser Gegend gab es keine Deckung, der Wind hatte freie Bahn und fuhr oft schnappend gegen sie.

Randy schaute nach links, wo Ela fuhr. Sie strampelte, dabei zeigte ihr Gesicht einen verbissenen Ausdruck. Aufgeben wollte sie nicht, aber die Blicke, mit denen sie ihren Freund bedachte, sagten genug.

Plötzlich rutschte sie mit dem rechten Fuß von dem Pedal ab. „Mist!" schimpfte sie, übersah einen querlaufenden Buckel, der Lenker schlug um, sie rutschte ab und mußte blitzschnell aus dem Sattel, sonst wäre sie mit dem Rad gekippt.

So fiel nur der Drahtesel. Ela blieb neben ihm stehen. Sie schimpfte, hatte ein Bein angezogen und rieb mit der Handfläche über den rechten Knöchel.

Auch Randy und Turbo hatten angehalten. Sie waren abgestiegen, schoben ihre Räder näher und blieben vor Ela stehen. Die stand wieder mit beiden Füßen auf der Erde.

„Hast du dir weh getan?" fragte Randy.

„Jetzt nicht mehr!"

Randy schüttelte den Kopf. „Was bist du so bissig?"

Ela mußte lachen. „Bissig, sagst du? Dann schau dich doch mal um, Herr Ritter. Wir sind hier am Ende der Welt, in der Wüste, wie man so schön sagt. Ich frage mich schon die ganze Zeit über, was wir hier überhaupt suchen?"

„Das Versteck der Diebe!"

„Toll – hier, wie? Wo alles freies Gelände ist. Kein Haus, kein Baum, keine Straße, nicht mal ein Weg."

„Das ist eben der alte Steinbruch."

„Und das Versteck?"

Randy deutete nach vorn. „Wir müssen in diese Richtung. Ich bin sicher, daß wir bald auf eine Zufahrt gelangen. Sie war auf der Karte eingezeichnet."

Nach einer Weile hatten sie tatsächlich so etwas wie eine Straße oder einen Weg erreicht. Nur konnte von einer glatten Weiterfahrt keine Rede sein. Es war mehr eine Piste, die früher von schweren Lastwagen benutzt worden sein mußte, denn die breiten und dicken Reifen hatten im Erdreich tiefe Spuren hinterlassen, die in einem weit geschwungenen Bogen allmählich hangabwärts in die Tiefe führten.

Das Schloß-Trio hielt sich innerhalb der Fahrrinnen. Auf dieser Spur kamen sie besser voran. Noch besaßen sie einen guten Überblick, und sie sahen vor sich zwei helle Augen.

Randy bremste. „Ein Wagen!" rief er.

„Ob sie das sind?" fragte Turbo, der neben ihm stand.

„Das ist möglich."

„Nein", widersprach Ela, „das sind sie nicht."

Die Jungen schauten sie erstaunt an. „Woher willst du das wissen?"

„Ich habe euch vergessen zu sagen, daß ich, als man mich ins Schlafzimmer gesperrt hatte, aus dem Fenster schauen konnte. Das tat ich auch, sah die Kerle flüchten und in einen kleinen Wagen steigen. Vielleicht in einen Golf oder Fiesta, was weiß ich. Das war in der Dunkelheit schwer zu erkennen. Die Scheinwerfer da unten gehören zu einem anderen Auto, da bin ich mir sicher."

Turbo wunderte sich. „Daß du das so genau erkennen kannst. Allerhand, Ela."

„Ich habe mir mal den Spaß gemacht und versucht, nachts fahrende Wagen anhand ihrer Scheinwerfer zu erkennen. Jedenfalls rollt da kein Golf oder ähnliches."

„Was dann?"

Ela hob die Schultern. Sie beobachtete das Fahrzeug, das jetzt in eine Rechtskurve bog. Noch einmal sah sie die beiden hellen Augen, dann nur mehr die roten Punkte der Rücklichter. „Das könnte ein Mercedes sein oder ein BMW."

Randy hob die Augenbrauen, als er überlegte. „Wenn du recht hast, Ela, hieße das, daß wir nicht nur die beiden Diebe..."

„Hör auf", sagte Turbo. „Das sind reine Vermutungen. Laß uns fahren, dann sehen wir weiter."

„Jedenfalls wissen wir die Richtung." Ela starrte auch weiterhin dem Wagen nach. „Da", sagte sie aufgeregt. „Die Bremslichter leuchten auf. Jetzt sind sie aus."

„Dann hat der Wagen sein Ziel erreicht!" flüsterte Turbo.

„So ist es."

„Los, weiter. Ich möchte wirklich wissen, wer da angekommen ist." Randy hatte es eilig. Sie brauchten auch nicht mehr so stark in die Pedale zu treten, auf der abwärtsführenden Strecke konnten sie die Räder laufen lassen.

Zwischendurch bremsten sie ab, wenn das Tempo zu hoch wurde. Durchgeschüttelt wurden sie immer noch, und die Reifen mußten einiges aushalten; doch sie kamen schnell voran. Als sie die Senke erreicht hatten, konnten sie auch die Gebäude besser erkennen, die vor ihnen lagen.

Wieder hielten sie an, gingen aber weiter und schoben ihre Räder. Ela zog dabei mehrmals hörbar die Nase hoch. „Wißt ihr, wie es hier riecht?" fragte sie leise.

„Nein!"

„Nach Zement, Turbo."

„Wonach?"

„Zement braucht man für den Bau", erklärte Randy.

„Das Wort kannte ich noch nicht."

„Ja", sagte Randy laut und schlug gegen seine Stirn. „Jetzt weiß ich auch, wo wir sind. Das ist die alte Zementfabrik, die sie vor einiger Zeit stillgelegt haben."

„Ein irres Versteck", meinte Ela.

„Stimmt." Randy blieb stehen, was die beiden wunderte, die vorgegangen waren. Sie hielten ebenfalls an und drehten sich um. „Willst du nicht mehr mitkommen?"

„Doch, Ela. Nur finde ich, daß die Räder jetzt im Weg sind. Laß sie uns abstellen."

„Die Idee ist gut", sagte Turbo.

Neben einer Leiter, wo sich das Gestänge eines Kühlturms in den Nachthimmel schob, fanden sie einen Platz.

Auch jetzt noch wirbelte der Wind den feinen Staub in die Höhe, der sich überall festsetzte. Randy überlegte laut, wo der Wagen hingefahren war und schließlich gestoppt hatte. „Der muß einen Bogen geschlagen haben", murmelte er.

Ela nickte und deutete auf den viereckigen Klotz der Fabrikhalle, der vor ihnen wie eine breite Wand in der Dunkelheit stand. „Das ist ein gutes Versteck."

„Es brennt nur kein Licht", meinte Turbo.

„Die kommen auch im Dunkeln zurecht."

„Und wir ebenfalls", sagte Randy. „Irgendwie habe ich das Gefühl, es packen zu können."

Sie gingen leise weiter. Es war besser, nicht mehr zu sprechen. Sie konnten nicht wissen, wie weit der Wind den Klang ihrer Stimmen trug.

Wie Schatten bewegten sich die Freunde durch die Nacht. Ela mußte zweimal niesen, sie tat es so leise wie möglich. Dann hörten sie Randys Zischen. Es klang wie eine Warnung und gleichzeitig auch überrascht. Turbo und Ela, die sich hinter ihm befanden, sahen ihn heftig winken. Rasch waren sie bei ihm.

„Da, schaut euch das an", wisperte Randy. Er deutete auf den Kleinwagen vor ihm. „Das ist kein Golf, sondern ein Polo. Du hast es beinahe getroffen, Ela."

„Meine ich doch." Sie lief um das Auto herum. Längst hatten sie erkannt, daß sich im Innern niemand aufhielt. „Wenn die Karre hier leer ist, wo stecken die beiden dann?"

Turbo wies auf die Fabrik.

Ela nickte. „Klar. Sie sind mit dem Polo gekommen und werden sicherlich auch wieder mit ihm wegfahren wollen. Sollen wir ihnen das vermiesen? Als kleine Rache nebenbei?" Sie stand da und lächelte. Der Wind wehte ihren dunklen Pferdeschwanz hoch und ließ ihn über ihre Stirn gleiten.

„Nicht schlecht", meinte Randy. „Weißt du schon, wie du dich rächen willst?"

„Zisch, zisch."

„Die Luft aus den Reifen lassen?"

„Bravo, Schnellmerker."

„Dann los", sagte Turbo, der sich bereits bückte. Er machte sich am Ventil des linken Hinterreifens zu schaffen. „Klemmt etwas", sagte er, „aber das kriege ich hin."

Auch Randy und Ela schafften es. Zufrieden hörten sie dem Zischen zu, mit dem die Luft entwich. Dann sahen sie auch, wie der Wagen langsam tiefer sackte.

„Wenn die abhauen wollen, werden sie sich wundern." Ela rieb ihre Hände.

„Hoffentlich drehen sie nicht durch", sagte Randy. „Sie sahen mir nicht gerade aus, als würden sie Spaß verstehen. Denen geht es doch um viel Geld, nehme ich an."

„Sicher."

Sie warteten nicht so lange, bis die ganze Luft aus den Reifen gewichen war, der Bau interessierte sie. Der Eingang war schnell gefunden. Eine schwere Tür, die nicht einmal geschlossen war. Sie konnten leicht hineinschlüpfen.

Ela schüttelte sich und blieb nach den ersten beiden Schritten stehen. „Ich... komme mir vor wie in einem riesigen Sarg."

„Hör auf!"

„Ja, Randy. Hier ist es so kalt, irgendwie schlimm."

„Willst du warten?"

„Nein."

„Dann komm weiter."

Nebeneinander her, aber etwas versetzt, schlichen die drei Freunde durch die große, leere Halle. Mit ihren Füßen wirbelten sie den weißen Zementstaub auf, der ihnen stechend in die Nase drang.

Ringsum war alles still, doch nicht mehr lange, denn plötzlich klangen schrille krächzende Laute durch das Gebäude.

Ela trat dicht an Randy heran. „Was ist das denn?" hauchte sie.

„Weiß ich auch nicht."

„Jedenfalls kommt es von vorn."

„Genau", sagte jetzt Turbo. „Da ist sogar ein Lichtstreifen auf dem Boden, sieht aus, als wäre dort eine Tür."

„Dann müßten die Diebe dort zu finden sein, wo der Lichtschein und die komischen Geräusche herkommen", sagte Randy.

„Bravo, Sherlock Holmes."

„Ha, ha."

Turbo mischte sich ein. „Streitet euch nicht. Wir werden nachschauen, dann ist alles klar."

108

Sie brauchten nur knapp zehn Sekunden, um die Stelle zu erreichen, wo der Lichtschein unter der Tür hervorschimmerte und sogar ihre Fußspitzen erfaßte. Niemand von ihnen wagte es, die Tür aufzuziehen. Die Stimmen hörten sie auch so.

Als das seltsame Krächzen verstummte, fingen die beiden Diebe an zu sprechen. Sie antworteten aber so leise, daß die Freunde nichts verstehen konnten.

Ela, meist sehr neugierig und auch wißbegierig, entdeckte die Scheibe zuerst. „Das ist ja Glas!" Sie hatte die Arme halb erhoben und tastete mit den Fingern über die Fläche.

„Leider dunkel."

„Sei nicht so pessimistisch, Randy. Vielleicht kann man das Zeug abkratzen, die Scheibe fühlt sich nämlich so komisch an, als wäre sie gestrichen worden."

Turbo kam in Bewegung. Seine rechte Hand verschwand in der Tasche. Mit einem kleinen Messer zwischen den Fingern kehrte sie zurück. Der Junge zog die Klinge hervor. „Jetzt drückt nur die Daumen, daß sie das Glas nicht auch von innen gestrichen haben."

„Einmal reicht doch", meinte Ela.

Vorsichtig begann Turbo damit, an der Scheibe zu kratzen, während die beiden anderen, so gut es ging, der Unterhaltung lauschten. Die Männer schienen sich mit der unbekannten Person zu streiten.

Turbo kratzte weiter. Er schwitzte dabei, so stark konzentrierte er sich. Aber es klappte. Die scharfe Seite der Klinge schaffte es tatsächlich, die trockene Farbe abzuschaben. Sie splitterte sogar etwas, das Grau der Scheibe wurde sichtbar.

„Siehst du schon was?" flüsterte Ela.

„Moment noch."

Ela und Randy standen dicht hinter Turbo und schauten ihm gespannt über die Schulter.

Sehr vorsichtig kratzte der Junge weiter. Natürlich klappte dies nicht völlig geräuschlos, aber er schaffte es, das Guckloch noch größer zu bekommen.

Ein kreisähnliches Etwas, so groß wie die Hälfte einer Hand,

reichte aus. Turbo ließ den Arm sinken und brachte sein linkes Auge dicht an das Glas.

Hinter der Scheibe sah er das grelle Licht eines Scheinwerfers. Der Strahl fiel auf einen bestimmten Gegenstand, von dem Turbo zunächst annahm, daß er ihn sich einbildete. „Das ... das gibt es doch nicht", flüsterte er und trat etwas zurück.

„Was gibt es nicht?" fragte Randy.

„Schau du mal durch."

„Aber nicht zu lange!" wisperte Ela. „Ich will auch noch an die Reihe kommen."

„Keine Sorge." Randy brachte sein Auge dicht an die Scheibe. Mit der Wimper berührte er das Glas.

Sekunden verstrichen. Ela und Turbo hielten die Luft an, auch Randy vergaß das Atmen. Als er zurücktrat, hob er die Schultern. „Das ist ja wie im Kino..."

Ela ließ sich nicht länger abhalten. Sie drückte die beiden Freunde zur Seite, damit sie Platz bekam, peilte durch das Loch und hätte fast einen überraschten Schrei ausgestoßen. Im letzten Augenblick konnte sie sich zurückhalten.

„Ich... ich spinne", flüsterte sie. „Sag mir, daß ich spinne, oder sitzt da tatsächlich jemand, der eine goldene Maske vor dem Gesicht hat?"

„So ist es", bestätigte Turbo.

Sie konnten zunächst nichts mehr sagen. Diese Überraschung mußte erst verdaut werden.

„Eine Maske aus Gold!" hauchte Turbo nach einer Weile. „Was kann das zu bedeuten haben?"

„Ist das überhaupt ein Mensch?" fragte Ela. Die Gänsehaut auf ihrem Rücken verdichtete sich.

„Klar", erwiderte Randy.

„Aber der spricht so komisch. Als wäre er ein..."

„Das kann ich dir erklären", flüsterte Turbo. „Wenn mich nicht alles täuscht, redet er in ein Mikrofon, an das ein Stimmenverzerrer angeschlossen worden ist. Dieser Typ will nicht erkannt werden."

„Gibt es so etwas denn?"

Turbo nickte Ela zu. „Und ob. Wer sich mit Computern und Technik beschäftigt, wie ich es tue, der kennt sich eben aus."

„Hör auf, Mensch." Ela winkte ab.

„Was machen wir jetzt? Sollen wir die Typen überraschen?" fragte Randy.

„Und dann?"

„Tja, Turbo, das weiß ich auch nicht."

„Laß uns doch mal hören, was sie so alles sagen", schlug Ela vor. „Da ist doch eine Tür."

„Kannst du sie aufziehen?"

„Ich versuche es. Wenn die Angeln gut geölt sind, geht das auch lautlos."

„Dann mal ran!"

Ela drehte sich nach rechts. Sie brauchte nur einen langen, aber vorsichtigen Schritt zu gehen, um die Tür zu erreichen. Direkt davor blieb sie stehen. Ihre Hand rutschte an der Fläche entlang nach unten und erreichte die Klinke.

„Ich habe sie!"

„Dann los", wisperte Randy zurück.

Behutsam drückte Ela den Griff nach unten. Sie hielt ihre Augen halb geschlossen, so konnte sie sich besser konzentrieren. Innerlich zitterte sie vor Aufregung, ihr Herz schlug viel schneller als gewöhnlich.

Es klappte. Kein Geräusch entstand, als Michaela die Klinke bis zum Anschlag runterdrückte. Erst dann atmete sie auf.

„Weiter!" drängte Randy.

Sie nickte, mußte aber noch irgend etwas sagen, damit sich ein Teil der Spannung in ihr löste. „Die beiden Männer stehen mit dem Rücken zur Tür. Nur die Goldmaske kann erkennen, wenn sich der Spalt verändert, falls sie hinschaut."

„Ja, so ist es."

„Gut, ich ziehe sie nur ein winziges Stück auf. So weit, daß du gerade einen Finger durch den Spalt stecken kannst."

„Meinetwegen auch das, Ela."

Das Mädchen schob sich etwas vor. Sie hielt das Metall der Klinke fest umklammert. Zwei Sekunden später zog sie die Tür sehr behutsam und vorsichtig in ihre Richtung.

Ein Spalt entstand. Nicht sehr breit, und Ela stoppte sofort, als sie die Stimmen besser verstehen konnten.

Die Jungen blieben hinter ihrer Freundin. Sie wollten auf keinen Fall in den durch den Spalt dringenden Lichtschein geraten und somit auffallen. Was gesprochen wurde, konnten sie auch so verstehen.

Die krächzende Stimme der Goldmaske war zu hören. „Ihr könnt es euch überlegen. Entweder übernehmt ihr den Job, oder ihr geht baden. Aber richtig."

„Ja, ja", sagte Kalle Kaminski. „Sie haben gut reden. Sie werden ja nicht gesucht."

„War das nicht eure eigene Dummheit?"

„Aber dieser Bruch in Köln ist verdammt schwierig. Die Museen sind immer gut abgesichert."

„Nicht besser als die meisten Läden!" schrillte die zerhackte Stimme.

„Und der Schotter?" fragte Gurke Fiedler.

„Ich habe die Summe um die Hälfte erhöht."

Fiedler lachte bellend. „Das ist nicht Ihr Ernst, Boß. Uns ist das zu wenig Geld."

„Wieviel?"

„Rede du, Kalle."

Der hatte sich schon einiges ausgerechnet. „Zehntausend für jeden von uns!"

Nachdem diese Summe im Raum stand, war es erst einmal still. Dem unheimlichen Boß hatte es regelrecht die Sprache verschlagen. Erst nach einer Weile hatte er sich wieder soweit gefangen, um eine Antwort geben zu können. „Ihr spinnt doch", sagte er. „Ihr spinnt wirklich. Wie soll ich das bezahlen?"

„Nicht unser Bier, Boß!" erklärte Kalle. „Wir wollen das Geld haben, sonst läuft nichts."

Der Chef überlegte weiter. Da sein Gesicht hinter der Goldmaske verborgen war, konnte man nicht erkennen, welche Gefühle es ausdrückte.

Ela, Randy und Turbo platzten fast vor Spannung. Daß sie ein Gespräch unter Gangstern mit anhören könnten, daran hätten sie gestern auch nicht geglaubt.

„Okay!" rasselte und quäkte die verzerrte Stimme des Chefs. „Ich habe mich entschlossen. Zehntausend für Kaminski, die Hälfte für dich, Gurke."

Fiedler war sauer. Er ärgerte sich, er regte sich auf und begann, mit seinen Fingern zu knacken. Das Geräusch vernahmen selbst die Lauscher hinter der Tür. Vor Aufregung fing Gurke an zu stottern. „Das... das... werde ich nie akzeptieren, Chef. Das ist eine bodenlose Sauerei. Ich bin genauso wichtig. Ich breche die Türen immerhin auf. Was Sie da sagen, ist..."

„Eine Sauerei, ich weiß. Aber du brauchst meinen Vorschlag nicht anzunehmen. Niemand zwingt dich dazu, mein Freund. Du kannst absagen, ablehnen und..."

„Ich lehne *auch* ab!" Diesmal stellte sich Kalle auf die Seite des Kumpans.

„Gut, Kaminski, gut!" quäkte es durch den Raum. „Ich habe euch verstanden. Damit könnt ihr auch verschwinden. Ich werde andere Leute finden, die besser sind als ihr."

Kaminski streckte seinen Kopf vor. „So ist das also. Der Mohr hat seine Schuldigkeit getan, der Mohr kann gehen."

„Richtig."

„Aber so haben wir nicht gewettet, Boß. Wir lassen uns nicht einfach abspeisen. Nicht nach allem, was wir für dich getan haben, nach dieser ganzen Drecksarbeit. Wir haben für dich die Kastanien aus dem Feuer geholt und kein anderer."

„Jetzt wird es spannend!" hauchte Randy.

Ela nickte heftig, dann hörten sie wieder zu.

„Was wollt ihr denn?" fragte die verzerrte Stimme.

„Das kann ich dir sagen, du Clown. Wir reißen dir die Maske von deinem dämlichen Schädel, wir..."

„Tatsächlich?" Selbst durch die Verzerrung war der höhnische Unterton in der Frage zu hören. „Wenn einer von euch sich auch nur dumm bewegt, fängt er sich eine Kugel ein!"

Gurke und Kalle standen wie festgewachsen auf der Stelle. Beide schielten sie auf den Lauf der Pistole, die plötzlich aus dem Lichtkreis hervorglotzte. Die Mündung sah aus wie ein böses Auge.

„Ende der Verhandlungen, ihr Versager!"

Kaminski und Gurke schauten sich an. Fiedler hatte sogar seine Arme leicht erhoben. „Gut, Chef, es war ein Versehen. Wir werden den Bruch machen – oder?"

114

„Ja, ja", stimmte auch Kaminski zu. „Ich gebe ihm dann von meinem Geld etwas ab."

„Keine Chance, vorbei. Außerdem würde es sich nicht mehr lohnen. Ihr habt die Zeit verpaßt."

„Wieso?" fragte Gurke.

„Weil ihr eben nicht so gut seid, wie ihr glaubt. Andernfalls hättet ihr längst bemerkt, daß wir nicht mehr allein sind..."

Die drei Freunde zuckten zusammen. Sie hatten sofort begriffen, daß sie aufgefallen waren, im Gegensatz zu den beiden Einbrechern. Bei ihnen dauerte es etwas länger.

„Wieso denn?" fragte Kalle.

„Hinter euch hat jemand die Tür aufgezogen und hört unsere Besprechung mit. Ich weiß nicht, wen ihr da auf eure Fährte gelockt habt, aber Freunde werden es bestimmt nicht sein."

„Das ist doch..." Kaminski sprach nicht mehr weiter. Er fuhr wild auf der Stelle herum.

Das bekam auch Randy mit, der während der letzten Sekunden durch den Spalt geschaut hatte. Als Kaminski auf die Tür zuhechtete, zog er sie kurz auf und rammte sie sofort wieder zu.

Das gesamte Türblatt zitterte, als Kaminski mitten im Sprung dagegen prallte. Sie hörten ihn heulen, und Randy war der erste, der sich drehte und durch die Halle lief.

„Wohin?" schrie Ela.

„Erst mal weg."

Auch Turbo sprach nicht dagegen. Diesmal wollten sie sich nicht mehr überrumpeln lassen...

Kaminski heulte wie ein Wolf. Er hatte beide Hände vor sein Gesicht gepreßt, die Nase sah nicht mehr so aus wie sonst, und sein Fluchen übertönte das Heulen noch.

„Verdammt, verdammt, dieser..."

Gurke lief auf seinen Freund zu. „Mensch, reiß dich zusammen! Wir müssen weg!"

Kalle nickte nur, während er weiterhin über sein malträtiertes Gesicht strich.

Keiner von ihnen sah, wie der Boß reagierte, da sie ihm den Rücken zudrehten.

Die Gestalt mit der Goldmaske hatte sich von ihrem Sitz erhoben. Sie kannte sich hier aus, und sie wußte auch, daß dieses ehemalige Büro nicht nur eine, sondern zwei Türen besaß. Die zweite war ebenfalls dunkel gestrichen worden und führte direkt ins Freie.

Das war natürlich ideal.

Kalle und Gurke hatten mit sich selbst genug zu tun. Der Boß aber huschte davon. Als sich die Diebe umdrehten, war er schon längst verschwunden.

„Der ist weg!" keuchte Gurke.

„Das ist mir egal. Ich will auch nicht länger bleiben. Laß uns zum Wagen laufen."

„Ja, ich gehe vor." Gurke riß die Tür auf. Er trug stets eine Taschenlampe bei sich. Die knipste er an und leuchtete nach vorn in die Halle hinein.

Der lange Strahl zerschnitt die Finsternis. Er durchbohrte die Schwärze und kletterte die gegenüberliegende Wand hoch, doch ein Ziel traf der Kegel nicht.

„Leer!"

Kalle nickte. Er hatte seine Hände sinken lassen, tupfte mit dem Taschentuch Blut von der Nase und versprach, demjenigen den Hals umzudrehen, der ihm das angetan hatte.

„Das kannst du später machen. Komm jetzt!" Gurke drängte. Er konnte sich vorstellen, daß die Polizei ihre Spur schon aufgenommen hatte.

Die Einbrecher hasteten durch die leere Fabrikhalle auf den Ausgang zu. Die Tür war nicht geschlossen. Gurke Fiedler drückte sich als erster durch den Spalt, blieb aber noch stehen und schaute sich erst einmal um.

„Nichts zu sehen!" meldete er.

„Dann lauf zum Wagen!"

„Du nicht?"

„Geh schon, Mann." Kaminski stieß seinem Kumpan mit der Hand auf den Rücken.

Gurke stolperte vor in die Dunkelheit. Die Lampe hatte er ausgeschaltet; er mußte sich ja nicht unbedingt zur Zielscheibe machen.

Gurke hatte einfach zu schlechte Gedanken. Es lauerte niemand in der Dunkelheit, der auf ihn geschossen hätte. Dafür lief Kalle an ihm vorbei. „Ich will endlich weg hier."

„Ja, schon gut."

Der Polo stand in der tiefen Finsternis. Die Männer hatten nur Blicke für ihren Wagen. Daß sie beobachtet wurden, bekamen sie nicht mit.

Randy, Turbo und Ela lagen auf dem Boden, dicht hinter

einer kleinen Erhebung aus hartem Lehm, über deren Rand sie hinwegschauen konnten, selber aber nicht gesehen wurden.

Die Diebe hasteten auf ihr Fahrzeug zu, rissen die Türen auf, im Innern wurde es hell, dann warfen sie sich auf die Sitze.

Diesmal wollte Gurke Fiedler fahren. Er hämmerte die Tür zu, hielt den Zündschlüssel in der Hand, steckte ihn allerdings nicht in das Schloß.

Das fiel Kalle auf. „Was ist? Weshalb startest du nicht?"

Gurke war bleich wie kaltes Hammelfett. „Fällt dir nichts auf?" fragte er.

„Was denn?"

„Wir sitzen irgendwie anders, tiefer. Und ich weiß auch, weshalb das so ist."

„Ja? Weshalb denn?" Kalle hielt wieder seine Hände vor das Gesicht gepreßt.

„Man hat uns die Luft aus den Reifen gelassen!"

Kaminski zuckte nach vorn. Dann blieb er starr sitzen. Erst nach einer Weile begriff er, was Gurke mit diesem Satz gesagt hatte. Er ließ die Hände sinken und holte durch den offenen Mund Luft. „Sag das noch einmal, Gurke!" flüsterte er. „Sag das noch mal!" wiederholte er dann schreiend.

„In den Reifen ist keine Luft mehr."

„Und wer hat das getan?"

„Keine Ahnung!"

„Der Boß – wie?"

„Glaube ich nicht." Gurke schüttelte den Kopf. „Das war der Lauscher an der Tür, Kalle."

„Wenn das Bullen waren, dann ..."

„Hör auf mit deinen Bullen." Gurke drosch zweimal auf den Lenkradring. „Ich kann mir denken, wer uns da reingelegt hat. Diese verfluchten Schnüffler!"

„Die ...?"

„Ja, genau."

„Aber wie hätten die uns finden können. Die sind doch viel zu jung, um einen Führerschein zu haben."

„Trotzdem waren sie es."

„Und dabei hätten wir sie haben können!" Kaminski stöhnte auf. „Okay, gehen wir zu Fuß!"

Beide waren so aufgeregt, daß sie auf nichts anderes mehr geachtet hatten, und dann herrschte rings um den Polo tiefe Finsternis, das nutzten die drei vom Schloß-Trio natürlich aus.

Sie schlichen auf den Wagen zu. Ela blieb etwas zurück, sie duckte sich hinter den Kofferraum. Randy und Turbo nahmen den Polo in die Zange, wobei Turbo sich von der Fahrerseite näherte und sein Freund von gegenüber.

Er würde es mit Kaminski zu tun bekommen. Wenn er diesen Mann überwältigen wollte, dann mußte er die Überraschung auf seiner Seite haben. Ebenso wie Turbo auf der anderen Seite.

Kaminski drückte als erster den Wagenschlag auf. Die Tür schwang nach außen, Randy, der dicht neben dem Hinterrad gehockt hatte, sah, wie sich Kalle aus dem Fahrzeug schwang, und griff an.

Kaminski sah noch den Schatten, drehte den Kopf, dann klatschte etwas in sein Gesicht.

In der Faust hatte Randy Sand verborgen gehabt, den er nun einsetzte.

Kaminski hatte der Ladung nicht entwischen können. Das Zeug war in seine Augen gedrungen, brannte dort und machte ihn blind. Sein Schreien hörte auch Gurke. Er drehte sich zu Kaminski hin, als Turbo die Fahrertür aufriß und wie ein Irrwisch über den völlig verdutzten Gurke Fiedler kam.

Jetzt machte es sich bezahlt, daß Turbo sich in den fernöstlichen Kampftechniken auskannte.

Zwei Schläge brauchte er nur. Beide waren genau gezielt, und Gurke erschlaffte. Das Problem war aus der Welt geschafft.

Noch gab es Kalle Kaminski. Er hatte genug mit sich selbst zu tun. Mit einer Hand hielt er sich am oberen Rand der offenstehenden Tür fest, mit der anderen wollte er den Sand aus seinen Augen reiben. Auf Randy Ritter achtete er nicht mehr, auch nicht auf Turbo, der um den Polo herumlief und Ela gleich mitbrachte.

„Was ist mit dem?"

„Der heult."

Turbo lachte kurz. „Los, hilf mal mit."

„Was hast du vor?"

„Wir packen ihn in den Wagen."

„Okay." Randy wandte sich an Ela. „Fahr du los und alarmiere die Polizei!"

„Mach' ich!" Sie rannte dorthin, wo die Räder standen.

Kaminski wehrte sich nicht, als er von den beiden Jungen in den Polo gedrückt wurde. Randy zog noch den Zündschlüssel ab und hämmerte die Beifahrertür zu. Danach schloß er sie ab, warf Turbo den Schlüssel zu, der damit auch die Fahrertür verriegelte.

Turbo wollte aufatmen, doch Randy schüttelte den Kopf. „Komm mit, schnell."

„Was ist denn?"

„Wirst du schon sehen." Ihm waren vorhin schon zwei lange, kantige Balken aufgefallen. Sie paßten in seinen Plan. Beide Jungen trugen die Balken zum Golf hin und kanteten sie zwischen Erdboden und den Türen so fest, daß niemand von innen die Wagentüren öffnen konnte. „Sollte er versuchen, durch das Fenster zu steigen, bekommt er Zunder!" erklärte Randy keuchend.

„Das hätten wir", sagte der Junge aus Japan.

Randy war da weniger optimistisch. „Nicht ganz, mein Lieber. Da gibt es noch einen Punkt."

„Was denn?"

„Der Boß!"

Turbo schlug gegen seine Stirn. „Klar, Mensch. Dieser Kerl mit der Maske."

„Und der Wagen!" Randy nickte. „Den darfst du nicht vergessen. Ela hat ihn als Mercedes oder BMW erkannt."

„Hast du ihn danach noch mal gesehen?"

„Nein, auch nicht gehört."

„Wo ist er hingefahren?"

Randy räusperte sich. „Laß uns mal überlegen. Als wir noch

da oben auf dem Hang standen, haben wir gesehen, wie der Wagen einen Bogen geschlagen hat."

„Das stimmt."

„Er muß, wenn mich nicht alles täuscht, also hinter diesen verlassenen Bau gefahren sein."

„Richtig."

„Dann schaue ich mal nach."

„Nein, nicht allein, du..."

„Paß du auf die beiden auf. Die kriegen den Motor auch so zum Laufen, wenn sie die Kabel kurzschließen."

„Von wegen."

„Bis gleich dann." Randy rannte los und tauchte in die tiefen Schatten an der Schmalseite des kantigen Baus. Er wollte zwar schnell vorankommen, trotzdem war er vorsichtig und achtete auch auf Unebenheiten des Erdbodens. Bald fand er sich an der Rückseite wieder und sah dort die offenstehende Hintertür.

Er schaute kurz in das Büro, zündete ein Streichholz an. Der kurze Schein der flackernden Flamme reichte aus, um ihn erkennen zu lassen, daß der Raum menschenleer war.

Nur auf dem Tisch stand ein rechteckiger, schwarzer Kasten, der Stimmenverzerrer. Ein Mikro lag daneben.

Randy drehte sich um, verließ das Büro und hatte kaum zwei Schritte in die Dunkelheit getan, als er das satte Brummen eines Automotors hörte. Einen Moment später knallten zwei Scheinwerferlanzen auf ihn zu. Das grelle Fernlicht blendete den Jungen, es schien ihn mit seiner gleißenden Helligkeit an die Wand des alten Baus festnageln zu wollen.

Gefahr! schoß es Randy durch den Kopf. Du mußt hier weg! Er wußte, daß dieser Boß keine Skrupel haben würde und ihn möglicherweise überfahren wollte.

Randy lief zurück. Er wollte sich in das Büro flüchten, doch der Wagen war unheimlich schnell. Wie ein Wahnsinniger beschleunigte der Fahrer. Er würde den Jungen früher erreicht haben als dieser die Sicherheit des Gebäudes.

Randy warf sich nach rechts. Er rannte los. Einige Meter gewann er, weil auch der Verfolger sein Fahrzeug erst noch in

die Kurve ziehen mußte. Selten in seinem Leben war Randy so schnell gelaufen, hinter ihm die tödliche Gefahr, ein Ungeheuer aus Blech, Glas und Reifen.

Randy wagte nicht, sich umzuschauen. Er hob sich im grellen Licht der beiden Fernlichtlanzen wie ein tanzender und springender Schatten ab. Das Licht hatte ihn längst überholt. Er hörte das Brummen des Motors, als der Fahrer höher schaltete.

Eine tödliche Musik!

Dann sah er den Turm, wo auch die beiden Räder standen. Mit einem letzten, verzweifelten Sprung hechtete Randy Ritter nach links in die Lücke zwischen das Gestänge. Er klemmte dort fest, nachdem er sich die Schulter gestoßen hatte, aber der Wagen raste wie ein kompaktes Geschoß an ihm vorbei. Die

Hinterräder wühlten den weichen Boden auf und schleuderten Dreck und Gras in die Höhe.

Randy lag so, daß er noch kurz das Heck des davonjagenden Fahrzeugs erkennen konnte.

Ela hatte sich nicht geirrt.

Das war ein Mercedes, mehr konnte er nicht erkennen, aber in seinem Kopf setzte sich plötzlich etwas fest. Er wußte nicht, was es war, und dann störte ihn der keuchend heranhetzende Turbo. Der blieb stehen und schaute auf Randy.

„Mensch, was war los?"

Randy zitterte, das übertrug sich auch auf seine Stimme. „Der... der hätte mich fast erwischt."

„Das Auto, nicht?"

„Die Goldmaske wollte mich umbringen."

„Zum Glück warst du schneller." Turbo kniete nieder. „Warte, ich hole dich da raus."

Randy war froh, daß ihm der Freund behilflich war, und er war auch froh darüber, daß Turbo neben ihm stehenblieb und ihn stützte, der Schock nämlich folgte erst jetzt.

Der Schwindel, das Zittern, der heftige Herzschlag, die Schweißausbrüche. All dies kam zusammen.

„Zum Glück kommt die Polizei gleich", sagte Turbo. „Die können dann alles regeln."

Randy nickte nur. Er ließ sich von Turbo zum Wagen führen, wo die beiden Diebe noch immer warteten. Kalles verschmiertes Gesicht hinter der Wagenscheibe sah aus wie eine verzerrte Karnevalsmaske. Er drohte mit der rechten Faust, drückte gegen die Tür, bekam sie aber nicht auf, weil der kantige Balken hielt.

Turbo drohte ihm mit der Faust, und Kaminski zuckte zusammen. Er kurbelte auch nicht die Scheibe nach unten, weil Turbo neben dem Wagen als Aufpasser stehenblieb.

Randy hatte sich auf die Motorhaube gesetzt. Er starrte in die Dunkelheit und atmete mit weit geöffnetem Mund die kalte Luft ein. In seinen Augenwinkeln schimmerten Tränen. Die Angst, von dem Wagen erwischt zu werden, war für ihn einfach zu stark gewesen.

Beide Freunde hörten das laute Klingeln. Sie kannten das Geräusch. Ela kehrte zurück.

Direkt neben dem Polo stieg sie voll in den Rücktritt, das Rad rutschte noch ein Stück weiter, sie schwang sich aus dem Sattel und blieb keuchend stehen.

„Geschafft... geschafft." Ela beugte ihren Oberkörper vor und holte einige Male tief Luft. „Ich habe es geschafft. Die Polizei wird gleich hiersein."

„War die Zelle weit weg?" fragte Turbo.

„Es ging. Ich mußte jedenfalls wieder nach oben." Dann schaute sie in den Wagen. „Ah, da sind ja unsere Freunde." Ihre Augen glänzten. „Das habt ihr toll gemacht. Was ist mit dem Kleineren?"

„Der schläft!" antwortete Turbo grinsend.

„Und die Goldmaske?"

„Entkommen!"

„Tatsächlich?"

„Ja. Mit diesem Wagen."

„Du hattest recht, Ela, es war ein Mercedes." Randy meldete sich mit müder Stimme und drehte sich dabei, noch auf der Kühlerhaube sitzend, um. „Der hätte mich tatsächlich beinahe erwischt."

„Wieso?"

„Überfahren."

Ela kam zögernd einen Schritt näher. „Ehrlich?"

„Ja, der Fahrer wollte mich umbringen. Ich konnte im letzten Moment ausweichen."

„Oje..."

Randy rutschte von der Haube. Er grinste schon wieder, auch wenn seine Knie noch zitterten. „Aber Unkraut vergeht nicht, das weißt du ja, Mädchen."

„Das sagst du so einfach."

„Da kommen unsere Freunde und Helfer!" meldete Turbo.

Nach seinem Spruch hörten sie die Sirenen und sahen auch schon in der Ferne das Blaulicht durch die Finsternis geistern. Die Wagen mußten einen großen Bogen fahren, um den tiefer gelegenen Platz zu erreichen. Zwei Minuten später hielten drei Autos mit wippenden Antennen. Aus einem Wagen stiegen zwei Kriminalbeamte, aus den anderen uniformierte Polizisten.

Natürlich wurden die Freunde befragt. Bevor es allerdings soweit war, erkundigte sich Randy nach Kommissar Hartmann.

Der war natürlich bekannt.

„Können Sie ihn anrufen?"

„Du kennst ihn?" fragte der leitende Beamte, ein Mann namens Meier.

„Ja."

Wenig später hatte Randy den Kommissar an der Strippe. Als Hartmann hörte, was den Freunden widerfahren war, schimpfte er Randy aus wie selten. Später gratulierte er ihm.

„Aber der Boß ist entwischt, Herr Kommissar."

„Den fassen wir auch noch."

„Nur wenn Sie wissen, wie er aussieht. Der Chef trägt nämlich eine Goldmaske vor dem Gesicht."

„Das weißt du genau, Randy?"

„Ja, ich habe ihn selbst gesehen, außerdem wollte er mich überfahren."

„Was fuhr er für einen Wagen?"

„Einen Mercedes."

„Welche Farbe, welches Modell..."

Randy zögerte bewußt mit der Antwort. „Das weiß ich nicht, Herr Kommissar. Es ging alles zu schnell, verstehen Sie. Außerdem blendete mich das Licht."

„Ja, ist klar. Gib mir mal den Einsatzleiter. Ich werde dafür sorgen, daß ihr nach Hause gebracht werdet."

„Danke."

Der Kommissar regelte alles für sie. Die drei Freunde konnten zuschauen, wie Gurke Fiedler und Kalle Kaminski abgeführt wurden. Man stopfte sie in verschiedene Streifenwagen. Gurke Fiedler war noch immer benommen, Kalle aber warf dem Schloß-Trio böse und wilde Blicke zu.

Turbo stieß Randy an. „Der Ärger ist vorbei, sage ich dir. Aber es wird neuen geben."

„Zu Hause, meinst du?"

„So ist es."

Randy schaute auf die Uhr. „Wieso, die Zeit haben wir eingehalten oder werden sie einhalten können. Um zweiundzwanzig Uhr sollten wir dasein. Das kann immer noch klappen."

„Tja", sagte Turbo, „wenn wir dich nicht hätten."

„Hätten wir einen anderen", sagte Ela, die immer das letzte Wort haben mußte...

10. Die Maske wird entlarvt

Als der Streifenwagen vor dem Schloß ausrollte und Frau Ritter in der Haustür erschien, sagte sie zunächst einmal nichts. Sie schaute Ela, Randy und Turbo nur an.

Erst in der Halle sprach sie. „Mit deinen Eltern habe ich telefoniert, Ela. Sie holen dich gleich ab. Dann rief mich Herr Hartmann an, Randy. Ich weiß also Bescheid. Wie war das noch mit deinem Besuch in der Disco?"

„Nun ja, Mutti, das mußt du verstehen." Randy hob die Schultern. „Uns ist etwas dazwischengekommen."

„Etwas Geplantes, wie ich annehme?"

„Nicht direkt."

„Hör auf, hier nach Ausreden zu suchen. Du und Turbo, ihr geht jetzt auf eure Zimmer. Wir werden dann morgen genauer miteinander reden, wenn Vater und Alfred zurück sind."

„Okay, Mutti." Randy senkte den Kopf. „Und entschuldige", sagte er mit leiser Stimme, wobei er den in der Kehle sitzenden Kloß runterschluckte.

„Gute Nacht, Ela." Turbo und Randy verabschiedeten sich von der Freundin, bevor sie nach oben schlichen. Ja, sie schlichen tatsächlich und kamen sich vor wie zwei Armesünder.

„Das hat deine Mutter tief getroffen", sagte Turbo.

„Und wie."

„Wenn wir ihr alles gesagt hätten, was wäre dann gewesen?"

„Dann hätten Kalle und Gurke weiter gestohlen."

„Dann ist es so also besser."

„Rein äußerlich bestimmt. Ich werde mit meiner Mutter noch reden. Wenn die Polizisten weg sind, gehe ich zu ihr."

„Das wird am besten sein. Bis morgen dann. Kannst du überhaupt schlafen?" Turbo legte eine Hand auf die Klinke seiner Zimmertür.

„Schlecht bis gar nicht."

„Ergeht mir auch so. Trotzdem, mach's gut."

Die Freunde trennten sich. Ziemlich deprimiert stieß Randy die Zimmertür auf, betrat den Raum, schaltete eine kleine Lampe ein, legte eine Kassette ein und warf sich rücklings aufs Bett. Er hörte sich die Beatles an, die zu seiner Lieblingsmusik zählten, und starrte gegen die Decke.

Das Licht stieg bis zu ihr hoch und zeichnete dort einen weißgelben Kreis.

Randy dachte nach.

Es war ganz natürlich, daß die vergangenen Erlebnisse noch einmal vor seinem geistigen Auge abliefen. Die letzten Stunden waren die reinste Aufregung gewesen.

Er dachte auch darüber nach, wie alles begonnen hatte. Bei Christine Berger war eingebrochen worden, dann hatte es die Familie Fazius erwischt. Beide Bestohlenen waren Bekannte der Ritters gewesen.

Ein Zufall?

Randy wollte einfach nicht daran glauben. Irgend etwas hatte er übersehen, irgendwo mußte es eine Verbindung zwischen den Taten geben. Kannte dieser geheimnisvolle Boß im Mercedes möglicherweise beide Antiquitätenhändler?

Der Mercedes hatte sich zu einer tödlichen Bedrohung für Randy entwickelt. Fast hätte er ihn erwischt. Dieser Wagen war...

Randy dachte nicht mehr weiter. Er sprang plötzlich hoch,

als wollte er mit dem Kopf gegen die Decke stoßen. Vor dem Bett blieb er stehen, wischte verwirrt über sein Gesicht und flüsterte: „Das darf doch nicht wahr sein. Nein, das ist unmöglich…"

Ihm war etwas eingefallen, etwas so Gravierendes, daß sein Gesicht blaß geworden war und blutleer wirkte.

Konnte es das überhaupt geben? Wenn ja, warum?

Für Randy gab es keine andere Möglichkeit. Er mußte einfach mit seiner Mutter über diesen fürchterlichen Verdacht reden. Vielleicht konnte sie ihm einen Rat geben.

Er wollte schon das Zimmer verlassen, als gegen die Tür geklopft wurde. „Bist du noch wach, Randy?"

„Ja, Mutti."

„Dann komm bitte nach unten. Telefon für dich."

Randy öffnete die Tür. „Wer denn?"

„Onkel Will."

Er zuckte zurück. „Wie das?"

„Die Polizei hat ihn darüber informiert, daß die Diebe festgenommen worden sind. Du hast ja dabei tatkräftig mitgeholfen. Onkel Will möchte sich bei dir bedanken."

„Das braucht er aber nicht."

„Geh trotzdem runter."

„Na klar."

In der Halle setzte sich Randy in einen Sessel vor dem Kamin. Das Feuer war zwar erloschen, aber die Steine strahlten noch Wärme ab. Frau Ritter blieb hinter ihrem Sohn stehen. Sie hatte beide Hände auf die Sessellehne gelegt.

„Ja, hallo! Herzlichen Glückwunsch, Randy. Ihr drei habt es ja geschafft."

„Nun ja."

„Sei nicht so bescheiden. Gratuliere. Ich bin sicher, daß ich die wertvollen Gegenstände bald zurückbekomme. Dann gibt es für euch eine kleine Belohnung. Soviel ich weiß, haben auch die anderen Händler so etwas ausgesetzt."

„Toll."

„Begeistert klingt deine Stimme gerade nicht."

„Es ist so, Onkel Will. Den Boß hat die Polizei noch immer nicht gestellt."

„Das kommt auch noch, wenn erst mal die beiden Diebe ausgepackt haben."

„Die kennen ihren Chef nicht. Er trug immer eine goldene Maske vor dem Gesicht. Auch ich habe ihn nur so gesehen."

„Tatsächlich?"

„Ja, das wird schwer sein."

„Ich gebe jedenfalls die Hoffnung nicht auf und möchte mich auch im Namen von Tante Elfriede recht herzlich bei euch allen bedanken. Ihr seid Klasse, Freunde."

„Danke, Onkel Will." Randy legte den Hörer auf und sprach seine Mutter an. „Kannst du dich setzen, Mutti?"

Frau Ritter lächelte. „Kommt jetzt die große Beichte?"

„Nicht ganz, Mutti. Wir beide haben da ein Problem."

„Das kannst du wohl laut sagen." Frau Ritter setzte sich ihrem Sohn gegenüber hin. „Raus mit der Sprache!"

„Ich hole mir erst etwas zu trinken." Aus der Küche kam Randy mit Orangensaft zurück.

„So, jetzt erzähl mal."

„Ich weiß nicht, wie ich anfangen soll, Mutti, aber ich möchte dir sagen, daß ich diesen Chef mit seiner Goldmaske kenne, glaube ich. Ich weiß, wer sich dahinter verbirgt."

„Und?"

Er sagte den Namen.

Frau Ritter lachte laut auf. „Du bist verrückt, Junge. Du bist total übergeschnappt."

„Bin ich leider nicht. Ich werde dir auch sagen, wieso ich auf diese Person gekommen bin." Randy erklärte es seiner Mutter haarklein und bekam auch mit, daß die nachdenklich wurde, ihn öfter ungewöhnlich ernst ansah, zwar den Kopf schüttelte, sich dann zurücklehnte und gegen die Decke schaute.

„Das gibt es doch nicht!" flüsterte sie.

„Ich kann mir nichts anderes vorstellen. Und es trifft auch zu, wenn du genauer darüber nachdenkst."

„Das will ich nicht, Randy."

„Du kannst ja darüber schlafen."

„Und dann?"

„Sehen wir weiter. Morgen bestimmt."

„Da kommt Vater zurück."

„Ich weiß."

„Der wird aus allen Wolken fallen. Meine Güte, wenn du recht behalten solltest, wäre das eine Katastrophe."

„So schlimm sehe ich das nicht. Oder sollen wir es noch heute nacht durchziehen?"

„Nein, nein, auf keinen Fall."

„Dann gehe ich jetzt nach oben, Mutti!"

Frau Ritter nickte nur. Sprechen konnte sie nicht mehr. Was Randy ihr da mitgeteilt hatte, war kaum zu fassen.

Randy aber legte sich aufs Bett und grübelte. Irgendwann in den Morgenstunden fiel er in einen unruhigen Schlaf...

Sonntagmorgen!

Noch immer zeigte der Himmel die graue, nicht enden wollende Wolkendecke, die hoch über der Stadt lag.

Über die Dächer der Häuser drang das Glockengeläut der Kirchen bis in die ruhigen Vorortstraßen, durch die um diese Zeit selten ein Auto fuhr.

Spaziergänger waren unterwegs. Menschen, die zur Kirche wollten, andere führten ihre Hunde aus, nur einer ging allein, hatte die Hände in die Taschen gesteckt und schaute öfter als gewöhnlich zu Boden. Es war Randy Ritter!

Nichts mehr war von seiner angeborenen Fröhlichkeit zu merken. Er lief in Gedanken versunken den Weg, den er sich vorgenommen hatte, und er wußte auch, daß er ihn gehen mußte.

Als er das Haus erreicht hatte, blieb er für einen Moment stehen, sein Blick glitt über die großen Scheiben, und dann ging er auf eine kleine Seitentür zu, durch die man direkt in das Haus gelangen konnte.

Er duckte sich unter den Zweigen der kahlen Bäume hinweg. Laub lag auf den grauen Platten des Wegs und wurde von seinen Schuhspitzen weggefegt. Noch hoffte er, sich geirrt zu haben. Randy gab zu, daß er froh darüber wäre, aber die Vermutungen und auch Tatsachen sprachen eigentlich dagegen.

Die Person, die er besuchen wollte, war zu Hause. Von einer Telefonzelle aus hatte er angerufen, abgewartet, bis abgehoben wurde, dann wieder eingehängt.

Jetzt stand er vor der Haustür, deren Holz ein Muster schräg verlaufender, kleiner Balken zeigte. Über dem Namenschild war ein heller Knopf mit einem Metallring darum angebracht.

Randy klingelte.

Er hörte das Geräusch durch den Flur schallen, danach schnelle Schritte, dann wurde die Tür mit einem Ruck geöffnet, und Randy versuchte angestrengt, das starke Herzklopfen in Grenzen zu halten.

„Du, Randy? Das ist aber eine Überraschung."

„Guten Morgen, Frau Berger."

„Komm doch rein."

„Danke." Randy trat an Christine Berger vorbei, die ihm Platz geschaffen hatte.

Sie hatte länger geschlafen und war noch nicht angezogen. Frau Berger trug einen grünen Hausmantel mit roten Punkten. Ihr Gesicht war noch völlig ohne Make-up, und das Haar stand in einem regelrechten Wirrwarr nach allen Richtungen ab.

„Mit dir habe ich nicht gerechnet. Was verschafft mir denn die Ehre deines Besuches, Randy?"

„Ich möchte mich mit Ihnen unterhalten."

„Bitte." Sie lachte ihn an. „Hier im Flur, oder willst du nicht lieber ins Wohnzimmer kommen?"

„Im Wohnzimmer ist es wohl besser."

„Das meine ich auch."

Christine Berger hatte in diesem Raum auch ihr Frühstück eingenommen. Das Geschirr stand noch auf dem runden Glastisch, der von vier modernen, hellen Ledersesseln umgeben war.

In einer Ecke stand ein kostbarer Barockschrank, Randy sah auch wertvolle Bilder an den Wänden, nur interessierte ihn das nicht einmal am Rande.

„Möchtest du etwas zu trinken haben, Randy?" Frau Berger stand hastig auf. „Ich hole frisch gepreßten Saft aus der Küche."

„Bitte, machen Sie sich keine Mühe, ich..."

„Geht schon klar, Junge. Was macht eigentlich deine Mutter?" rief sie aus der Küche.

„Der geht es gut. Ich soll Sie grüßen."

„Danke."

Christine Berger kam mit dem Saft zurück. Sie stellte ihn ab, nahm wieder Platz und griff zu einer Zigarette. „So, mein Junge, dann erzähle mir mal, weshalb du zu mir gekommen bist."

„Es geht um den Einbruch!"

„Toll. Hat man die Täter?"

„Ja."

„Endlich." Sie atmete tief aus und sackte förmlich im Sessel zusammen. „Das wurde auch Zeit. Dann besteht für mich noch die Chance, daß ich an meine Antiquitäten herankomme."

„Das kann durchaus sein."

„Was waren das denn für Leute? Weißt du mehr? Erzähle mal – bitte." Sie tat völlig aufgeregt, und Randy mußte sich zusammenreißen, um cool zu bleiben.

„Einfache Diebe."

„Tatsächlich?"

„Ja. Sie heißen Fiedler und Kaminski."

Christine Berger hob die Schultern. „Tut mir leid, aber die Namen sagen mir nichts."

„Haben Sie eigentlich noch Ihren Wagen, Frau Berger? Den tollen Mercedes, das Coupé?"

„Ja sicher. Weshalb fragst du?"

„Nur so, wissen Sie. Ich habe den Wagen nämlich gestern nacht auf einem alten Fabrikgelände gesehen, in der Nähe eines stillgelegten Steinbruchs..."

„Meinen Wagen?"

„Er sah jedenfalls so aus."

„Entschuldige mal, Randy. Ich bin nicht die einzige Person, die einen Mercedes dieser Klasse fährt."

„Ja, das ist klar. Dann hätte ich noch eine Frage."

„Moment noch." Frau Berger drückte die Zigarette aus und schüttelte den Kopf. „Ich kenne dich zwar nicht allzu gut, aber so ungewöhnliche Fragen hast du mir noch nie gestellt."

„Es gab bisher auch keinen Grund dafür."

„Aha – und jetzt gibt es einen."

„Sicher."

„Und der wäre?"

„Ich habe noch eine Frage, Frau Berger."

„Dann raus damit", sagte die Frau lächelnd und nippte an ihrem mittlerweile kalt gewordenen Kaffee.

„Wo haben Sie eigentlich die goldene Maske versteckt, Frau Berger?"

Die Antiquitätenhändlerin erstarrte. Sie hielt den kleinen Griff der Tasse noch umklammert, schaute auf die Tischplatte, ansonsten sagte sie aber kein Wort.

„Bitte, ich warte auf eine Antwort."

„Von welch einer Maske sprichst du, Randy?"

„Von der Maske, die der Boß der beiden Diebe getragen hat, wenn sie mit ihm verhandelten. Und von einem Stimmenverzerrer, den ich Ihnen gern mitgebracht hätte, Frau Berger. Sie sind nämlich der Chef der Diebesbande. Sie!"

„Ich?" Ihre Stimme klang schrill, und sie zeigte mit dem Finger gegen sich.

„Ja, Sie."

„Das ist doch eine Unverschämtheit. Ich bin selbst bestohlen worden, wenn du dich bitte daran erinnern würdest."

„Ja, um den Verdacht von sich abzulenken. Sie kamen dann zu uns und hörten, daß unsere Freunde, die Familie Fazius, am Nachmittag zu Besuch kommen würden. Da sind Sie schnell gegangen und haben Ihren beiden Strolchen einen neuen Auftrag gegeben. Sie müssen auch mit einer Perücke auf dem Kopf den Fazius' das Angebot gemacht haben."

„So siehst du das also?"

„Richtig. Es entspricht auch der Wahrheit, Frau Berger. Sie wollten schnell Geld machen und griffen zu diesen ungesetzlichen Mitteln. Es war ja leicht, zwei Leute anzuheuern. Außerdem hat die Polizei Ihr Versteck gefunden. Die Verhafteten haben geredet. In einem alten Bunker am Rhein lagen die Antiquitäten wunderbar verpackt. Ihr Spiel ist aus, Frau Berger."

Sie war blaß geworden, auch die Augen hatten einen anderen Ausdruck bekommen. Hatten die Pupillen vorhin noch Überraschung gezeigt, gepaart mit Freude über Randys Besuch, so hatten sie jetzt einen lauernden und tückischen Ausdruck angenommen.

„Spielst du hier eigentlich den kleinen Polizisten?" fragte sie mit scharfer Stimme.

„Vielleicht."

„Als Polizist braucht man aber Beweise, und die hast du nicht."

„Die sind leicht zu beschaffen. Sie, Frau Berger, haben versucht, mich zu überfahren. Wenn die Spezialisten Ihren Wagen untersuchen und feststellen, daß der Schmutz in den Reifenprofilen identisch ist mit dem an der stillgelegten Fabrik, ist das schon ein Glied in der Beweiskette. Andere werden hinzukommen."

„Da bist du dir sicher?"

„Ja."

Ihr Lächeln wirkte aufgesetzt und falsch. „War es dann nicht gefährlich für dich, zu mir zu kommen?"

„Klar."

„Und die Polizei hat das Haus schon umstellt?"

„Nein."

Sie lächelte weiter. „Schon gut, Randy, du hattest noch einen Wunsch, nicht wahr?"

„Die goldene Maske, Frau Berger. Ich möchte sie gern sehen. Sie wäre das letzte Glied in der Beweiskette."

„Ich werde sie holen." Christine Berger stand auf. Auch Randy erhob sich.

„Darf ich mitkommen?"

„Nicht nötig, Junge. Sie befindet sich hier im Wohnraum." Frau Berger trat auf den Eckschrank zu und öffnete ihn. Sie drehte Randy dabei den Rücken zu, währenddessen der Junge zur Wohnungstür schielte.

„Hier ist sie, Randy!" Christine Berger drehte sich um und streckte die linke Hand vor.

Zwischen ihren Fingern hielt sie tatsächlich die goldene Maske, dieses starre Stück Metall mit den Augenhöhlen darin, der angedeuteten Nase und auch dem schmalen Mundschlitz.

„Ja, das ist sie!" flüsterte Randy. Ihm war der Schweiß ausgebrochen, jetzt, wo sich sein Verdacht hundertprozentig bestätigt hatte.

„Und hier ist noch etwas", sprach Christine Berger weiter. Mit der freien Hand griff sie in die rechte Tasche des Morgenrocks, aus der sie eine Pistole hervorholte, deren Mündung auf Randys Brust zeigte...

Randy Ritter bewegte sich nicht mehr. Er starrte gegen die Mündung und spürte, wie sein Hals trocken wurde.

„Manchmal ist es schlecht, wenn man zu neugierig ist, Junge.

Du hättest nicht nachforschen sollen. Jetzt tut es mir leid um dich."

„Wollen Sie mich töten?" flüsterte er.

„Was meinst du?"

„Ich würde es Ihnen zutrauen. Einmal haben Sie es schon versucht. Ja, ich würde es Ihnen zutrauen."

„Manchmal wird der Mensch zum Raubtier, wenn er sich in die Enge gedrängt fühlt."

„Mord ist doch etwas anderes als Einbruch. Man darf doch kein Menschenleben vernichten."

Sie warf die Maske auf einen Sessel. „Ach, Junge, du redest wie ein Prediger. Hör auf damit. Das wirkliche Leben ist anders, glaube es mir. Da zählen Dinge, die man dir beigebracht hat, einfach nicht mehr. Verstanden?"

„Ja, nur nicht begriffen. Ich werde es nie begreifen, Frau Berger."

„Das ist mir auch egal. Jetzt muß ich dich zunächst aus dem Verkehr ziehen. Ich weiß zwar wenig von dir, aber ich kann mir vorstellen, daß du allein gekommen bist und daß draußen keine Polizisten das Haus umstellt haben. Ist es nicht so?" fragte sie scharf.

Randy zuckte nur mit den Schultern.

Die Frau lachte kehlig. „Junge, du siehst bleich aus. Bleich wie der Tod. Was mußt du dich auch mit Dingen beschäftigen, die dich nichts angehen." Sie wechselte das Thema. „Wo stecken eigentlich deine Freunde? Wie nennt ihr euch noch?"

„Schloß-Trio."

„Ach ja, richtig, deine Mutter erzählte mir davon. Himmel, die ist ja so naiv und vertrauensselig. Sie hat nichts von meinen Aktivitäten mitbekommen. Was wissen deine Freunde?"

„Alles."

„Soll ich dir das glauben?"

„Das müssen Sie!"

Sie schüttelte leicht den Kopf. „Nein, Randy Ritter. Du bist der Typ, der alles allein machen will. Du gehst mit dem Kopf durch die Wand, ähnlich wie dein Vater. Der ist auch nicht anders. Ich kenne ihn schon einige Jahre. Ihr beide seid euch ähnlich. Nun ja, wir werden sehen. Jetzt wirst du dich umdrehen."

„Und dann?"

„Umdrehen!" peitschte Randy der Befehl entgegen.

„Schießen Sie mir in den Rücken? Das machen nicht einmal..."

„Halt deinen Mund, verflixt!"

„Ja, schon gut." Randy drehte sich auf der Stelle. Seine Knie waren weich geworden. Der dicke Kloß hing wieder in der Kehle. Die Augenwinkel schwammen im Tränenwasser. Er konnte die Umrisse der Möbel nur undeutlich erkennen.

Aber er hörte die Frau.

Christine Berger kam auf ihn zu. Vielleicht wollte sie die Distanz verkürzen und dann...

„Willst du tatsächlich meinen Sohn ermorden?" fragte plötzlich eine Stimme von der Tür her.

Dort stand Marion Ritter!

Sie hielt keine Schußwaffe in der Hand. Sie vertraute auf die Kraft ihrer Persönlichkeit, stand da in einem hellen Mantel mit hochgeschlagenem Kragen und einem Gesicht, das zorngerötet war.

„Marion!" keifte die Berger.

„Ja, ich bin es!"

„Wie bist du hier hereingekommen?"

„Vergiß nicht, daß ich als deine Mitarbeiterin auch einen Schlüssel zum Geschäft habe. Ich bin durch den Laden gegangen. Ich habe übrigens die gesamte Unterhaltung mitbekommen." Sie schüttelte den Kopf. „Christine, damit hätte ich nie gerechnet. Bisher hat mich noch kein Mensch in meinem Leben so enttäuscht wie du."

„Einmal mußte es ja passieren." Frau Berger wußte nicht, auf wen sie die Waffe richten sollte. Sie bewegte die Hand nervös hin und her. Einmal zeigte die Mündung auf Marion Ritter, dann wieder auf Randy.

„Jetzt mußt du schon zwei Menschen erschießen, wenn du uns loswerden willst, Christine."

„Ja, ich weiß", sagte die Frau gehetzt.

„Und das kannst du mit deinem Gewissen vereinbaren?"

„Was heißt Gewissen, ich ..."

„Nein, Christine, du bist ruhig. Jetzt rede und handle ich."

Randy bewunderte die Ruhe und die Nervenkraft seiner Mutter, die sich nicht aus dem Konzept bringen ließ. Sie blieb auch nicht stehen. Obwohl die Mündung der Waffe jetzt auf sie wies, kam Frau Ritter näher und ging auf Christine Berger zu.

Dabei streckte sie die Hand aus. „Gib mir deine Pistole, Christine. Los, gib sie her."

„Nein!" kreischte die Frau.

„Her damit!"

Christine Berger wich zurück. „Ich ... ich schieße, wenn du nicht stehenbleibst!"

„Die Waffe!"

„Mutti, bitte!" mischte sich Randy ein. „Die bringt es fertig und drückt ab."

„Das wird sie nicht. Nein, das wirst du nicht, Christine." Marion Ritter schaute ihre „Freundin" kalt und irgendwie beschwörend an. „Du wirst nicht auf uns schießen, keinen Schuß, keine Kugel ..."

Christine Berger zitterte. Ihre Wangenmuskeln zuckten, die Lippen bewegten sich. Plötzlich weinte sie, denn sie war am Ende. Ihr rechter Arm sank nach unten und mit ihm die Waffe.

Mit einer ruhigen, fast selbstverständlich anmutenden Bewegung nahm Marion Ritter ihr die Pistole aus den Fingern. Dann wandte sie sich an ihren Sohn. „Geh nach draußen, Randy, und sage Kommissar Hartmann Bescheid. Ich hatte ihn sicherheitshalber gleich informiert."

„Ja, Mutti." Randy lief ins Freie. Was war er doch verflixt stolz auf seine Mutter ...

In Handschellen wurde Christine Berger abgeführt. Die Vernehmungen mit ihr würden sich hinziehen, aber das interessierte Mutter und Sohn nicht. Kommissar Hartmann war noch einmal zu ihnen gekommen. „Marion, du darfst deinem Sohn eigentlich keine Vorwürfe machen, wenn er etwas unorthodox handelt."

„Wieso nicht?"

„Weil du auch nicht viel anders bist, und von deinem Mann wollen wir erst gar nicht sprechen."

Frau Ritter hob die Schultern. „Weißt du, mein Lieber, das muß wohl in der Familie liegen."

„Sicher, sicher." Er hob die Hand zum Gruß, als er das Zimmer verließ. „Wir sehen uns später noch."

Auch Randy und seine Mutter hielt nichts mehr im Haus. Auf dem Gehsteig warfen beide noch einen Blick zurück. „Willst du den Laden nicht übernehmen, Mutti?"

„Nein, danke."

„Es wäre doch eine Aufgabe für dich."

„Das schon. Nur, wer sollte dann auf euch Schlingel achtgeben? Ihr tretet doch immer wieder ins Fettnäpfchen."

„Das, Mutti, liegt eben in der Familie."

Frau Ritter nickte. „Da hast du wieder was gehört, nicht. So, und jetzt ab nach Hause."

Sie war mit dem Zweitwagen der Familie hergekommen, einem Golf, der ein paar Straßen entfernt parkte.

Turbo wartete schon voller Spannung. Ihm hatten sie nichts erzählt. „Wo seid ihr denn gewesen?" rief er zur Begrüßung. „Ich habe das halbe Schloß nach euch abgesucht."

„Wir haben den Boß gestellt und ihm die Maske vom Gesicht gerissen. Das war alles."

Turbos Augen wurden groß wie kleine Wagenräder. „Willst du mich auf den Arm nehmen?"

„Du bist mir viel zu schwer."

„Stimmt das denn, Frau Ritter?"

„Ja, wir haben den geheimnisvollen Boß entlarvt. Es war Christine Berger."

„Die ... die Frau in dem Mercedes Coupé?"

„Genau die."

140

„Ich glaub', mich knutscht ein Hirsch", flüsterte Turbo.
„Klar!" rief er dann. „Der Mercedes, den Ela zuerst gesehen
hat. Frau Berger hat euch doch mit diesem Wagen besucht."

„Richtig, du Schnellmerker."

„Und mir ist das nicht aufgefallen."

„Du kannst eben nur mit einem Computer arbeiten", sagte Randy und drehte sich schnell zur Seite, um Turbos freundschaftlichem Faustschlag zu entwischen.

„Irgendwann wird der uns auch mal helfen, das kann ich dir sagen. Eigentlich habe ich jetzt Hunger."

„Heute bleibt die Küche kalt", sagte Randy.

„Gehen wir in den..."

„Nein, dahin nicht. Aber wenn Vater und Alfred kommen, so hat meine Mutter beschlossen, muß uns der gute Dr. Peter Ritter zum Essen einladen. Und zwar zum Japaner."

„Ohhh..." Turbo bekam glänzende Augen. „Ist das wahr?"

„Ja, wir haben in Düsseldorf hervorragende Japaner."

„Ist Ela auch dabei?"

„Das versteht sich."

Draußen erklang das Horn einer Hupe. Es war ihnen bekannt. So klang nur das Signal des alten Mercedes-Diesel.

„Sie sind zurück!" jubelte Randy. Er und Turbo stürmten nach draußen, um die beiden Ankömmlinge zu begrüßen. Auch Marion Ritter lag bald in den Armen ihres Mannes.

„Gab es etwas Besonderes während unserer Abwesenheit?" fragte Dr. Ritter.

Seine Frau zwinkerte ihrem Sohn zu. „Nicht, daß ich wüßte, Peter."

„Genau, Vati, nicht, daß wir wüßten..."